Tine
Herman Bang

Tine
Copyright © JiaHu Books 2017
First Published in Great Britain in 2017 by Jiahu Books – part of
Richardson-Prachai Solutions Ltd, 434 Whaddon Way, Bletchley,
MK3 7LB
ISBN: 978-1-78435-224-0
Conditions of sale
A CIP catalogue record for this book is available from the British
Library
Visit us at: jiahubooks.co.uk

FORORDET

Den Gang, da du endnu var staerk og lykkelig, gik vi en Dag, som vi, mens jeg var Dreng, saa ofte plejede, naar Skumringen faldt paa, en "Onskevandring" ned ad Byens Gade: i Butiksruderne pegede vi ud alt, hvad vi onskede, vi delte og vi stredes om de Herligheder, som ikke var vore. Den Dag stansede vi ogsaa foran Boghandlerens Vindu, og du laeste alle Bindenes Titler og sagde: Naar *du* nu en Gang skriver en Bog, skal du saette *mit* Navn paa dens Blad.

Og siden, da du allerede var syg og vi saa ofte gik i "Lundens tyndede Alle"—du traengte til Septembers sene Sol—tog du en Dag min Haand, og du sagde med din Stemme, der var bleven saa fuld af Angst og af Kaertegn: Naar jeg nu er dod og du, min Dreng, en Gang er bleven en Kunstner, vil du saa se, love mig saa at se til, at de ikke—helt glemmer mig?

Og du graed. Moder, fordi du skulde do.

Hvad du bad om, har jeg aldrig glemt.

Nu saetter jeg dit Navn paa denne Bog. Jeg ved, den er ikke din Kaerlighed, saa lidt som dit Hjerte eller din Aand vaerdig. Men dens Fortaelling er groet i mit Sind ved Mindet om dig og det Sted, hvor du fodte mig. Du kaldte det til din Dod dit Hjem. Ufredstid og fremmed Magt haergede snart den lyse Plet, hvor der var blodt og lunt for dig, der skulde leve i Glaede og Sol. Som Fjenderne til vort gamle Bo, kom snart ogsaa Ulykkerne til os.

Og nu, hvor du laengst er dod, saetter jeg dit Navn over denne Bog om Nederlagstid og vort tabte Hjem.

Denne Fortaelling er naeret ved Minderne om mit forste Hjem. Indtil for faa Aar siden troede jeg at eje kun tre klare og uforgaengelige Erindringer fra denne min forste Tid. Det var tre Billeder og min Moder var Midtpunktet i dem alle.

Jeg ser Moder i den store Dagligstue i Adserballig sidde sortklaedt ved det midterste Vindu, stum og ubevaegelig og ganske bleg, med de hvide Haender i sit Skod. Hun talte ikke og graed ikke. Men vore Haender—vi Born var vel angst over denne uvante Sorg og trak i hende og spurgte—strog hun bort, som smertede det hende, at de berorte blot hendes Kjole.

Det Billed-Minde var min Barndoms forste. Jeg tror, det andet maa skrive sig fra omtrent et Aar senere. Med min Moder gik vi —min Soster og jeg—ilsomt, saa jeg knap kunde folge, hen ad en Vej og over en Mark. Vi kom til en gron Banke og vi gik derop. Vi saa Kirken hjemme og andre Kirker og mange Huse, som jeg endnu ser ligge mellem Gront. Og Moder tog mig op, og hun pegede paa Sted efter Sted over Landet, til hun taug igen og kun graed og graed. Mig satte hun ned paa Graesset, mens hun blev ved at stirre ud over det gronne Land—siden syntes jeg som Barn, at vi den Dag havde kunnet se over den *hele O*—: Mo'er, Mo'er, blev jeg ved, hvorfor graeder du?

-Fordi vi skal rejse, svarede hun.

Naeste Dag rejste vi bort fra vort Hjem.

Det sidste Minde staar i noje Sammenhaeng med dette. Vi var i Horsens, hvor jeg Dreng syntes, som var vi blevet fattige Stakler, fordi Byvaerelserne var saa meget mindre og aldrig nogen kom og besogte os.

Det var Aften eller Nat og det stormede. Moder krob rystende sammen ved Bro'r Aages Vugge—og hun maa vaere sprungen hastig ud af sin Seng, for jeg ser hende i Natkjole med det lange Haar—med sine alsiske Piger rundt om sig og os, der skreg.

Og Pigerne skaelvede, saa de knap kunde holde os i Armene, og alle Dore stod aabne og klaprede og et Vindu—skont vi naesten intet havde paa.

Paa Gaden var der trampende Trin af mange, hastige Fodder og Signaler af angstfulde Horn.

-Hvad er der—hvad er der dog, Mo'er? skreg vi.

-Det er de Danske, som flygter, sagde Mo'er med sin frysende Stemme, og vi graed hojt op, mens de alsiske Piger jamrede som to Hunde, og vi horte bestandig, bestandig Folk, der lob paa Gaden, og Tropperne, der ilte, og Hornene fjern og Hornene naer—gennem Stormen.

... Jeg tror, at dette ene Billede af Flugt og Hast og Skaendsel har vaeret nok til at gennemtraenge hele mit Liv. Jeg foler endnu dets Minutters Angst i min Pen, naar jeg skal skildre Sammenstyrtning, Tilintetgorelse, Dod, Ruin. Allerede i min allerforste Produktion har Indtrykket vaeret staerkt nok til at skabe en Skildring, som "staar". Og siden har samme Indtryk forklaedt sig Gang efter Gang i Billeder af Ruin—indtil den Dag, hvor det helt tog Magten og helt vilde udformes i denne Bog. Hvorledes har det vel i det Hele forholdt sig med disse tre Erindringer, som har grebet saa fast om min Hjerne? Har de gjort det kun fordi de ramte ned i tre alt uddybede Lejer i mit Temperament. Eller har *de*—uvanlige som de var—selv dannet med egenmaegtige Haender og slaaet de uloselige Knuder i det begyndende Folelsesliv?

Vist er—som et Slags Ledemotiver genfinder jeg dem i min Produktion lige til denne Dag. Det er min Overbevisning, at den sortklaedte Sorgende i Adserballig Stue—som en sortklaedt Alabasterstatue saa jeg hende siden—er den forste Moder til Nina Hoeg og Katinka Bai. Det Indtryk har fodt deres stumme Sorg og deres Resignation.

Og hin forste Afrejse har sat lige dybe Maerker. Opbrud, Oplosning af Hjem, Bortdragen, Tagen-Afsked melder sig smerteligt i alle Skildringer—i denne Bog er Afskedens Bitterhed kun Indledningen.

Men fremfor alt genfinder jeg bestandig—i Emner, i Fremstilling, i Stil—overalt, *hvor* jeg skrev og *hvad* jeg skrev. Lyden, Tempoet, Skraekken i de Allarmsignaler, der kaldte Tropperne til Flugt fra Horsens.

* * * * *

Disse tre Minder var, som sagt, indtil for et Par Aar siden de eneste, min Hjerne fra min allerforste Barndom syntes at have bevaret. Men i Udlandet brod flere frem. Det var mens jeg omgikkes med Formlaegningen af "Stuk".

Enhver Kunstner vil vide, hvor mange Fif en Kunstners Hjerne, naar han udkaster Planen til et Vaerk eller begynder paa at forme det, hitter paa for at afholde ham fra hans Forehavende. Det er det ejendommeligste Dobbeltspil af Verden, dette mellem Kunstneren og hans hykleriske Nerver, der af Skraek for alle de Anstraengelser, som venter dem, ved tusind Kunstgreb vil forpurre hans Plan. Det er en evig Overlisten af hinanden som to fiffige Spillere, hvoraf hver ved om den anden, at han snyder.

Hjernen indgyder ikke alene Uger igennem Kunstneren ubetvingelig Skraek for blot Synet af en Pensel, Modellerpinden eller Blaek.

Nej—den forvirrer ham ved at tilkalde som Hjaelpetropper Storme af fremmede Minder og hans Plan uvedkommende Erindringer. Den belejrer ham med andre Ideer og pludselige Udkast, hvis Fata Morgana synes selve den fjerne Fuldendelses sikre Kyst.

Under en saadan Tvekamp mellem den Frembringendes Vilje og Hjernens Modvilje mod at laegge sig under en kunstnerisk Plans Aag—var det just, at alle Minderne om Hjemmet paa Als i Myldr brod frem.

Jeg saa pludselig Steder og Ansigter og Personer med Gestus og Lader og horte Lyd og Tonefald og fornam som Luften selv. Jeg erobrede—og det mod min Vilje, ti jeg onskede jo helt at tilhore en ganske anden Sfaere, Luft og Plan—ligesom fra et Morke, der langsomt lettede og veg, hele mit forste Hjem tilbage.

Dette Sted, som jeg forlod for Krigen, og som jeg ikke har genset i fem og tyve Aar, laa tilsidst for mig med hver Sti, hvert Busket i vor Have, hvert Rum, hvert Tapet i vort Hus. Og jeg genfandt Landsbyen med Gaardene, som de laa, og Vejene med de levende Hegn og Kirkepladsen med Smedjen ved det lille Kaer og Skolen, hvis Beboere jeg gensaa.

Og siden har disse Minder ikke villet forlade mig. De har hidkaldt fler. De har vaebnet sig med selve Livets Tydelighed og Magt. Og som de forste Gang pludselig brod frem fra Lag i Erindringen, som Bevidstheden ikke kendte, saaledes har de ogsaa inde i Egne af mit Sind, hvis Liv er mig dunkelt, langsomt, men alt sikrere og sikrere samlet sig uimodstaaelig just til et Billede af det tabte og *haergede* Hjem. Denne Bogs Melodi blev atter Allarmsignalerne og flygtende Fodtrin.

* * * * *

Lad mig her sige et.

En Bogs Fodselshistorie vil vaere mange saerdeles ligegyldig. Der vil heller ikke fattes dem, som vil sige, at jeg fortaeller alt dette og forer den ganske Snak kun for en Gang igen at kunne selvbehageligst underholde et aeret Publikum om mit fortraeffelige Jeg. *Eller*, at jeg forsoger ved at posere med mine Erindringers Tydelighed og praetenderede Klarhed at give min af disse Minder groede Historie noget Relief.

Det er dog ingenlunde *saa*.

Jeg ved saare vel, at den Tydelighed, Erindringerne har for mig, slet ikke vedkommer Laeseren. Han dommer Kunstvaerket kun af disse samme Minders Evne til gennem Vaerket at paavirke og overbevise ham.

Det er maaske endogsaa saare uklogt paa en Maade at pille en Bog op for at vise, hvad der er indeni og bagved. Ethvert Stykke Kunst bor helst staa frit og tale for sig selv.

Men Tingen er, at jeg tror, det vilde vaere interessant for Psykologen og mere oplysende for Kunstens Vaesen end visse nylig atter fornyede aestetiske Diskussioner—*om* Forfatterne en og anden Gang oplyste om deres Arbejdes Fodsel og Veje og sogte at kontrollere de Hjernens Processer, som ledsager deres Frembringen.

Maaske vilde man saaledes faa mer end et Vink, der taendte hastige og fjerne Lys inde i Sjaelelivets Halvmorke.

* * * * *

Baade Kritik og Publikum klagede i "Stuk" over Fremstillingens ulidelige Uro og den traengselslignende Skare af Personer. Jeg har i denne Fortaelling sogt at mindske Uroen og indskraenke Personantallet.

Men hvorvidt det er lykkedes mig, ved jeg lidet om. Denne Uro og Mangfoldighed bunder, tror jeg, i det Syn, ingen kan forandre. Jeg ser nu en Gang saaledes. Jeg ser mine Personer kun i Billede efter Billede og kun i Situation efter Situation horer jeg dem tale. Jeg maa ofte bie i Timer, for de ved et Blik, en Bevaegelse, et Ord forraader mig deres virkelige Tanker, som jeg jo kun kan gaette ligesom jeg gaetter andre levende Menneskers—deres, som jeg omgaaes og kender.

Hvis jeg da ikke anstraenger mig for at gore den ene og korte Situation, hvori jeg ser dem, Bevaegelsen, den lille Bevaegelse, hvori de forraader sig, Tonen af Ordene, hvori de blotter sig, gore det altsammen saa *levende*, lyslevende som Livet selv— hvor kan jeg da haabe at overbevise?

At gore "levende" er da den tunge—og sikkert ofte mislykkede —Bestraebelse.

Men det Levende er jo Bevaegelse og Mangfoldighed. Mangfoldighed maa der blive. Husk at man kan ikke, naar man nu vil skildre denne Skole, hvori Tine boer, rive den ud af sit Naboskab. Naboernes Stemmer traenger ind ad dens Vinduer, gennem dens Dore. Deres *Liv* blander sig med Skolens Liv.

Som en Sten, der kastes i Vand, sender Skolens Skaebner Donninger frem over Pladsen baade til Kroen og til Smedjen, og deres Begivenheder atter Donninger tilbage, saa for at forstaa Skolens Liv maa Kroens og Smedjens vel med.

Selv derude over Markerne, hvor Horisonten lukker sig, selv der maa vi vide, at Livet fortsaettes og at der leves—en rullende Vogn, en Hund, der goer, en Sang, der hores fjernt, maa fortaelle det og minde os derom.

Vi maa, for at denne Skole kan illudere som Liv, fole Egnen, hvor den ligger: vi maa *befolke* Oen Als. Har Skolens Korsvej ikke Vejfarende—korer ikke de hundrede Vogne den forbi til hundrede Hjem og hundrede Liv?

Nu vel—vi maa fole disse Vejfarende. Deres Kommen, Gaaen, Sporgsmaal, Hilsner, Svar—ogsaa de er Del af Skolens Tilvaerelse og maa med.

Hvor kan da i al denne Bevaegelse Uroen undgaaes? Maler ikke

tvertimod just Uroen al den evige Bevaegelighed, man vil? Og
dette: at Laeseren ikke "kan huske det ene for det andet"—hvad
gor det, naar det store Helhedsindtryk kun kunde lofte sig med
store Linjer frem af den Uro, hvoraf det er skabt.

Kun Mangfoldighed og Bevaegelse kan for mig give Billedet af
Liv. De er mine Midler, som jeg ikke kan opgive. Forhaabenlig
kan jeg endnu gore Fremskridt i disse Midlers Benyttelse. Men
tusindfoldige er Vanskelighederne ved en Kunst, som ser Livet
stift i Ojnene, og hvis store, hvis fjerne AErgerrighed er den at
faeste dette levende, dette ubegribelige og ubegrebne, dette
bestandig forandrede Liv.

* * * * *

Du bad mig, Moder, at jeg skulde se til, at de ikke helt skulde
glemme dig.

Nu er min Ungdom forbi, og alt, hvad jeg i ti Aar skrev, skrev for
at leve og skrev for at skrive, synes mig tidt at ligge for mig saa
uendelig fjernt og saa uendelig klart.

To stredes—og Striden vil vel aldrig ende ganske—i alle disse
Ord: min gamle Slaegt og du, der kom i den, ny og fremmed. Du
bar dens Navn med begejstret Hengivenhed. Du elskede den
som jeg. I et Hundredaar havde den fostret Statsmaend, Landet
ikke vil glemme, beromte Laeger, som Generation efter
Generation var de storste og folkekaereste i Norden.

Men siden blev dens Sonner Praester, fordi de besvimede ved at
se Blod, og uvirksomme Orkeslose, hvis tomme Hjerner maatte
kunstig ildnes.

Du fortalte mig ofte om vor Slaegts Haeder. En af dens store
Laeger efterlod mig Fortaellingen om alle dens Vildfarelser og
dens Sygdomme: Han vilde tvinde—til Belaering—sine Traade i
Slaegtshistorien.

Min Slaegt i mig skrev vel i min Ungdom meget—meget.

Men ogsaa du, Mo'er, skrev *dit*.

Stella Hoeg og Nina og Froken Agnes og Fru Katinka—det er dit
Blod. Deres Skikkelser er dig og dig alene. De er Born af din
Glaede og Born af din Sorg. De har dit Ansigt og din Stemme. De

elsker og lider med dit Hjerte. De gik unge i Graven som du og af din Kummer.

Og hvis *de* tor leve—selv kun de korte Aar—saalaenge bor *du* ikke glemmes.

Over denne Bog saetter jeg dit Navn som et Minde om den lyse Tid og det Hjem, man skimter som bag en Dor, der hurtig lukkes. Som Ufredstid kom over vort gamle Hus, kom snart Ulykkerne og Doden til os.

Herman Bang.

I.

Tine blev ved at lobe graedende frem med Vognen, mens Fru
Berg raabte de sidste Ord hojt ud i Morket og Blaesten.

-Saa reder I nok—i det blaa Kammer—iaften ... endnu iaften.

-Ja—ja, svarte Tine og kunde ikke tale for Taarer.

-Og hils—og hils! raabte Fru Berg gennem Graaden, Vinden tog
hendes Ord. Endnu en sidste Gang lob Tine til og greb efter
hendes fremstrakte Haand, men hun fik den ikke mer. Saa
stansede hun; og, som en stor Skygge, gled Vognen hastig hen i
Morket. Nu hortes den ikke mer.

Tine gik hjem gennem Alleen og Gaarden, hvor Jagthundene
sagte klynkede. Hun aabnede Doren til Gangen: der var saa
tomt med de ode Knager og Herlufs Legetojskrog, hvor der nu
var rommet ud. Hun gik ind i Kokkenet, hvor Taellelyset
braendte med en osende Tane mellem Resterne fra Tebordet.

I Borgestuen sad Folkene stille med Lars for Bordenden.

-Jeg skal hilse, sagde Tine med halv Rost, og der blev stille igen.
Kun Maren, der sad med Forklaedet over Hovedet som en
rokkende Byldt, hylede op henne fra Ovnen med nogle langelige
Hyl.

-Ja, sagde Lars efter en Stund betaenksomt: nu er de vaek, sagde
han, og Husmanden nikkede til Bekraeftelse.

-Saa skulde vi nok flytte det til Skovrideren, sagde Tine, lavt
som for, og gik, fulgt af Sofie Indepige, der skulde hjaelpe.

I Gangen aabnede hun Doren til Dagligstuen. Lampen braendte
roligt paa det tomme Bord, og Dorene til de andre Stuer, der
stod aabne, laa som tre stille og morke Gab ind mod det forladte
Rum.

-Sybordet har hun med sig, sagde Sofie.

-Ja, sukkede Tine. Pladsen paa Forhojningen var tom.

-Og saa Billederne, sagde Sofie og pegede.

Rundt om Spejlet gloede de lyse Pletter paa Tapetet frem.
Maerker af Portraetterne, der var tagne ned.

Graaden vilde op hos Tine ogsaa, og hun vendte sig: Ja—lad os saa ta'e i, sagde hun, og de gik med Lyset op ad Trappen ind i Sovekamret. De to Senge stod ved Siden af hinanden, daekkede af det samme Taeppe—det var det, Tine havde strikket sidst til Jul; ved Fodenden stod Herlufs Tremmeseng, tomt.

Ved Synet af den tomme Seng begyndte Sofie at vande Hons igen, med Taellelyset i Haanden, mens hun talte om, da "Drengen" var lille; hun havde vaeret Herlufs forste Barnepige, og der var for hende i Verden ikke anden Dreng end han.

-Han var knap fod', da jeg blev hans Barnepi', sagde hun paa sit Kobstadjysk, en saer indeklemt Sprogart: hun syntes at have Besvaer med rigtig at aabne Munden, og hun slugte de allerfleste af Sprogets E'er.

-Han vild' aldrig baeres af andre end af mig og saa Fruen—hun snoftede mellem hvert Ord—nej—han vild' ikke....

-Jeg har baaret ham no'en Gang' over til Fruen, sagde hun, om Morgningerne ... for *der* vilde han over—hun smilte pludselig gennem Graaden—og ha'e Varmen, den Strik, sluttede hun og graed igen.

-Ja, sagde Tine, der sad paa Sengekanten.

Hun taenkte paa Vintermorgenerne, da hun med Torklaedet om Hovedet lob herned, naar det lysnede—i Skolen var snart det halve Dagvaerk gjort—og hun slog sine tre Slag paa Sovekammerdoren med de flade Haender for at vaekke Fru Berg og Herluf, der laa i deres sode Slummer.

Fru Berg kom sovnig op i Sengen. Det er Tine, det er Tine, raabte hun, mens hun klaskede med Haenderne ned paa Dynen.

-Kaffen—Ka-ffen, skreg hun med sin glade Stemme, saa de kunde hore det helt ned i Kokkenet, og Herluf begyndte af Fryd at springe om som et Egern i Sengen, i sin lange Natkjole.

Mens de snakkede, fik Tine Skoene af og kom op i Fodenden af Bergs Seng—der var Is paa Ruden, saa koldt var det—med Dynen op over sig for at holde Varmen.

Saadan sad de saa og pludrede timevis. Herluf var "Kineser" med strittende Fingre, og Herluf slog Saltomortaler over alle

Dyner; Fru Berg og Tine lo, saa Sengene vaklede og gyngede; og Sofie stillede indenfor Doren med en Slat Kaffe i en Spolkumme for at faa Del i Lystigheden.

Men tilsidst kunde Sofie blive fornaermet paa Herlufs Vegne midt som hun stod, og hun sagde: "Barnet ska' vel ikke spring' der og spill' Teater", sagde hun og tog ham ud af Sengen for at baere ham ned i Dagligstuen og klaede ham paa i Varmen.

Fru Berg og Tine blev i Sengene, snakkende i Oster og Vester,— Munden stod aldrig paa Fru Berg, naar hun var sammen med Degnens Tine—indtil Tine pludselig rog ud af Sengen i et Saet: Gangdoren var gaaet.

-Skovrideren! raabte hun og fik naeppe Skoene paa for lutter Fart.

-Luk, luk, raabte Fru Berg: luk dog! Og Tine fik Noglen drejet om.

-Ja, ja, jeg klae'er mig paa, jeg klae'er mig paa, Henrik, raabte hun til Berg, der bankede, og hun lod Tine rasle med Vandtojet, saa han kunde tro, hun allerede var oppe.

... Sofie stod stadig foran Tremmesengen med Lyset og snakkede om sin Herluf og faeldede Taarer baade over Godt og over Ondt.

-Men en arrig Trold var han, det var han, sagde hun.

-Ja, han var, gentog hun.

Tine sad endnu paa Sengekanten og smilte: Ja, hvad Fru Berg dog havde for Indfald—saa lystige Indfald.

Hun taenkte paa den Morgen, hvor Skovrideren var kommen i Gangdoren, just som de sad i Sengene i deres bedste Snak, og Fru Berg pludselig havde grebet hende i begge Benene— Skovrideren var allerede paa Trappen—og havde trukket hende ned under Skovriderens Dyne—han var allerede ved Doren—: Stille, stille, hviskede Fru Berg— Han var herinde allerede—Tine laa som en Mus.

Og Fru Berg fortalte og hun snakkede til Skovrideren, der horte paa og lo og satte sig ned—midt i sin Seng.

-Du saetter dig paa *Tine*, du saetter dig paa *Tine*, skreg Fru Berg, helt aandelos af Latter ... og Tine rog ud af Sengen, hojrod i Hovedet og med Graaden i Halsen, og lob ud af Stuen, ned ad Trappen, ligetil Skolen, og kom ikke i Skovridergaarden tre Dage, saa skamfuld var hun.

... Tine rejste sig, og de begyndte at tage Sengeklaederne ud af Skovriderens Seng og samlede dem udenfor Doren.

-Tag saa Lyset, sagde Tine, hun vilde ikke se det tomte Kammer. De bar Dynerne og Madratserne ned ad Trappen ind gennem Stuerne, hvor alle Dore stod aabne bag dem.

-Det er saa tomt, som var vi rejst alle, sagde Sofie.

-Ja, sagde Tine, der slaebte en Madrats.

I det blaa Gaestekammer var der koldt som i en Kaelder; der havde ingen sovet siden i Sommer. Den ene Gaesteseng skulde ud, og den anden blev stillet op ad Vaeggen.

Mens Tine og Sofie endnu gik og tumlede med Lagener og Vaskestel, kom de gamle Bollings for at hente Datteren.

Da Madam Bolling kom ind i Dagligstuen i Traekken fra alle de Dore, blev hun staaende paa Lobetaeppet og saa sig om med Taarer i Ojnene: Ja—nu er de afsted, sagde hun og foldede Haenderne.

De to Gamle satte sig stille paa deres vante Pladser, to Stole ved Sofabordet, lidt ud paa Gulvet—de vilde aldrig sidde i Sofaen i Skovridergaarden, der skulde Fru Berg blive—mens Tine blev ved at gaae ud og ind og Sofie bar Pinde til den blaa Kakkelovn: hun havde anlagt "Torklaedet" imidlertid.

Torklaedet var Tegn til, at Afrejsen havde givet hende "hendes Ho'edpin'". Hun fik den regelmaessig de fem af Ugens syv Dage og var saa grumme uoplagt til at udtale sig udover "Ja" og "Nej" eller til at foretage sig nogetsomhelst ud over det nodvendigste. Efter en Storvask hvilte Sofie ud otte Dage i sin Hovedpine og kujonerede hele Huset.

Tine kom frem i Doren til Skovriderens Stue: Vil I se, sagde hun, nu er vi faerdige.

-Ja, lad os det, svarte gamle Bolling, og de gik ind gennem Skovriderens Stue i det blaa Kammer, hvor den ene smalle Seng stod forladt op ad den lyseblaa Vaeg, og der var koldt, saa de to Gamle skuttede sig ved det.

De stod alle tre foran Sengen—Tine havde haengt Fru Bergs Billede op ved Hovedgaerdet.

-Naa, her ligger han jo ret saa stadselig, sagde Bolling og sogte at le lidt: alle tre var de lige ved at bukke under for deres Sorgmodighed.

-Ja, naar der nu bliver godt varmt, sagde Madammen, naar her nu bliver Varme.

De vendte tilbage til Dagligstuen og satte sig igen, Tine nede paa Forhojningen paa Sybordets gamle Plads. De sagde ikke meget, kun en enkelt Saetning nu og da, mens de sad, alle i de samme Tanker.

Madam Bolling blev ved at sidde og ryste paa Hovedet og se ud i Stuen:

-Ja—det har vaeret et dejligt Hus, ret et dejligt Hus, sagde hun.

Begge de gamle Bollings brugte saa stadig det Adverbium "ret", som de havde saa at sige paa Haandvaerkets Vegne fra Bollings megen Omgang med Bibelen.

Madammen sad lidt igen, til hendes Tanker tog en anden Vej: Nu var da vel alting kommet godt med og var godt pakket? spurgte hun.—Og Brombaerrene var godt surrede fast til Kassen?

Brombaerrene var to Krukker Syltetoj, som Madam Bolling havde syltet, for at Fru Berg skulde have dem med til Kobenhavn:

-For det er hendes bedste Syltetoj, Tine, sagde Madammen, det er det ... og de si'er, de har 'et ikke derovre, Brombaer.

-Skovrideren surrede dem selv fast, Moer, siger Tine.

-Ja, vi har no'en Gange—Madam Bolling bliver ved i samme stille Tone—faaet Brombaer hernede—og saa Marmelade ... Til Tvebakkerne, sluttede hun efter en Stilhed.

-Det har vi, sagde Tine og saa ud i Luften.

Hun taenkte paa Aftnerne, naar der kom Bud op efter dem i Skolen—mest naar Skovrideren var ude da—og de gik herned efter Te, og Syltekrukkerne og Tvebakkerne kom paa Bordet, og de spiste af Underkopper, mens de snakkede og Fru Berg og hun, de lo og sang.

-En Sang, Tine, en Sang, raabte Fru Berg og slog i Sofaarmen; og de satte i med "Hr. Peder" og "Flyv, Fugl, flyv over Furesoens Vande" og "I Kongelunden", til det blev til en Vals, saa de svingede hen over Gulvtaeppet, og Fru Berg forpustet forlangte Maelkepunschen, der blev bragt ind i en Stenkrukke.

-Ja, det er dog til no'en Aftner, Tine—sagde Madam Bolling, der stadig taenkte paa Brombaerrene—saa de derovre kan faa det som herhjemme.

Og gamle Bolling, der sad med foldede Haender og ikke horte, hvad de andre sagde, men plejede sine egne Tanker: nu var der tretten kaldt ind her i Sognet, havde han talt sammen—gamle Bolling sagde:

-Ja, ja, Guds Vilje ske, sagde han og rejste sig.

De Gamle skulde hjem: Tine vilde jo dog blive og vente paa Skovrideren. Men Tine lod dem ikke gaa, de maatte forst hjaelpe hende; hun kunde ikke taale at se de gloende lyse Pletter rundt om Spejlet, de *maate* haenge noget andet op— noget, der kunde daekke. Hun tog "Kong Frederik" og "Slaget ved Isted" og "Fredericia" inde i Havestuen, og de to Gamle bar Billederne, mens hun loste Spejlet.

Madam Bolling stod med Heltene fra Isted, der kaempede endnu med de hvide Bind om Panden. Hun blev ved at se paa dem, og et Par smaa Taarer faldt ned paa Glasset—hun taenkte paa dem, der nu skulde miste Forligheden og Livet.

-Kom, Mutter, sagde Bolling og tog Billedet, men ogsaa han beholdt det saa laenge, at Tine maatte tage det af hans Haender. Billederne kom op, og de Gamle, der allerede havde Overtojet paa, satte sig igen paa de to Stole og saa op paa Heltene fra Isted og paa "Kongen".

Tine var gaaet ud og kom ind med et fjerde Billede. Det var et Portraet af Kong Kristian som Tronfolger i Hestgardens Uniform, der havde haengt i et af Gaestekamrene. Hun slog et

Som ind under Kong Frederiks Billede og haengte Portraettet paa den tomme Plads.

De holdt sig alle tre stille en Stund foran de fire Billeder.

-Ja, ja, det er meget ret, Tine, sagde saa Bolling, det er dog *Kongen*.

De Gamle kom ud i Gangen, Taellelyset i Kokkenet var ved at braende ned. Tine satte Stagen hen i Vinduet, saa det kunde lyse en Smule ud i Gaarden for Foraeldrene. Fra Bryggerset lod der et stort Spektakel, det var Maren, der af lutter Sorrig tumlede og skurede midt i den morkeste Nat, mens hun sang paa Melodien: "Hvo ved, hvor naer mig er min Ende", saa det skingrede mod Laden:

Kong Fred'rik hviler nu paa Baare og slumrer sodt i Dodens Blund; nu rinder Folkets Takke-Taare for Drotten fra hvis djaerve Mund det lod saa tit: min Tak modtag! Jeg svigter ej paa Farens Dag!

Foraeldrene var ude af Gaarden, men Tine blev staaende paa Trappen. Hun lyttede efter Jagthundene, der knurrede fra deres Skur.

Saa smilte hun: hun vilde tage dem over—det vilde glaede Skovrideren, naar han kom hjem. De var dog noget levende til at tage imod ham.

Og hun gik over Gaarden og aabnede Doren til Loen og til Hundenes Skur. Ajax og Hektor sprang op ad hende under sagte Goen og lob saa iforvejen ind ad den aabne Gangdor.

Inde i Dagligstuen satte Tine sig paa den tomme Forhojning. Hun syntes aldrig, hun havde vaeret saa bedrovet—saa beklemt og bedrovet som nu, mens hun stirrede ud i den ode Gaard.

Lyset i Kokkenvinduet flakkede endnu en Gang hen over Ladens Hvidt—saa var ogsaa det slukket, og hun saa' bare Valdnoddetraeets Skygge midt i den morke Gaard.

Det var igaar Aftes, Fru Berg sad her hos hende paa Forhojningen og saa' ud paa det bladlose Trae: Mon jeg kan komme hjem, til det igen er sprunget ud? havde hun sagt og hun havde graedt og lagt Armen om hendes Hals.

Ude fra Bryggerset blev Maren ved at synge, saa det lod skingert ud i den morke Gaard:

Og derfor graeder Mand og Kvinde, derfor er Glaedens Dor nu lukt; Taknemlighedens Hjaerter binde en Krans, som blomstre skal saa smukt Thi *Mindet* aldrig slettes ud om Danmarks Fred'rik, nu hos Gud!

Tine sad med foldede Haender i sit Skod, mens Ajax og Hektor laa med store Ojne paa Gulvtaeppet ved hendes Fodder.

* * * * *

Hundene sprang op, og Vognen svingede frem for Trappen. Det var Skovrideren. Han kom ind i Gangen, hvor Sofie holdt Lyset, og han bragte Hilsener fra Herluf og fra Fruen.

-Og saa er jeg indkaldt, sagde han kort.

Han gik ind i Stuen, og Tine fulgte. Hun gik langsomt hen og slukkede, et for et. Lysene paa Klaveret, som hun havde taendt.

-Saadan kommer alt paa en Gang, sagde Berg.

Det havde vaeret Tines hele Tanke: Saadan kom det paa en Gang; og saa taenkte og spurgte hun: Ved Fruen det?

-Ja—det var Jessen, som bragte Bud'et paa Dampskibet.

De satte sig ved Bordet, som Tine havde daekket, og de begyndte at tale med lidt langsomme slovede Stemmer om, hvordan alt skulde blive nu med Driften og den daglige Dont: med Arbejdskraften blev det svaert. Lars kom maaske med og de fleste af Husmaendene skulde ogsaa afsted.

-Skovgaerningen fik vel hvile, mestendels; til den blev der ikke Haender.

-Nej, sagde Tine.

De talte om de indkaldte. Det var snart en Mand fra hvert Sted i Sognet. De tog dem, saa brat det var, fra Hjemmene nu.

-Ja hos Anders Taekkemand var det ren Jammer. Ane havde vaeret i Skolen idag med sine to paa Armen—saa hun graed og graed.... For nu var Anders vaek—saa hun graed....

Ved at sige Ordet begyndte Tine selv at skaelve om Munden.

-Ja, sagde Berg, *der* sidder jo Broderen fra den sidste Krig—med begge Benene skudt vaek....

-Ja, sagde Tine sagtere, og efter en Stilhed: det er de Kroblinger, som gor Folk bange.

De blev tause lidt. Hundene gik kaelende til og fra, men de agtede dem ikke. Berg talte igen om Driften. Paa Vikar var han da vis. Den enarmede Baron Staub kunde han altid faa, han var disponibel.

-Han *har* jo faaet *sit*, sagde han, ved Vaadeskud.... Og naesten uden Overgang, laenende sig tilbage mod Vaeggen og seende frem mod Lyset, sagde han: Nu er de langt ude paa Vandet.

Tine syntes, det var, som fulgte han dem med Ojnene over Vandet, mens han sagde det; og hun *vilde* finde noget at sige, der kunde muntre ham, hjaelpe paa Humoret. Det er vel derfor, du sidder her, sagde hun til sig selv, det manglede blot, du skulde tvine selv. Men hun fandt ingenting. Der blev jo heller aldrig vekslet saa mange Ord mellem Skovrideren og hende; hun havde aldrig turdet snakke op med ham, som var det en anden. Herredsfogeden eller Kapellanen hos Gotsches eller nogen, som man ikke saadan havde "Respekten" for. Det var jo Fru Berg, man snakkede med i Skovridergaarden. Tilsidst sagde hun i en Tone, der skulde vaere munter:

-Og vi, som har aset med det blaa Kammer—det kunde vi snart have spar't baade Sofie og jeg! Hun rejste sig.

-Er *det* allerede istand? De faar da ogsaa alting gjort, Tine. Berg tog hendes Haand og Blodet jog op i Tines Ansigt—det gjorde det for det mindste, naar hun var i Skovridergaarden.— Skovrideren skulde vel se det, sagde hun, og hun aabnede Doren; men paa en Gang blev hun staaende i Studerevaerelset, og han gik ene ind i Gaestekammeret.

-Hvor der var kont og varmt, sagde Berg, da han kom tilbage. Tine vilde til at gaa nu. Hun syntes, det var saa uvant beklemmende, som om de to var ene i det hele Hus—det forladte Hus. Men Skovrideren gik hen til Bordet og sagde:

-Der staar om Bisaettelsen i de nye Aviser. Skal vi ikke laese det forst.

Det var en af Tines Fester, naar Skovrideren laeste hojt, af

Aviserne, naar de kom. Onsdag og Lordag Aften, eller af en Bog fra Bogskabet—alle Oehlenschlaegers Tragedier.

-Tak, sagde hun. Men Sofie vilde vist gerne hore med. Og hun gik ud for at hente Pigen, som sad og sov med emballeret Hoved ved Siden af Skorstenen og fulgte med ind for at saette sig i Krogen ved Bogskabet, hvor hun saa tidt havde hort til, naar de laeste.

Berg aabnede langsomt det sorgerandede Blad og lagde et Ojeblik Haenderne ned derover. Nu er han da kommet til Hvile, sagde han bevaeget og stille.

Han begyndte at laese halv hojt Beretningen om "Kongens sidste Faerd". Rundt i det stille Hus hortes der ikke en Lyd— uden hans daempede Stemme.

Tine fulgte ikke Ordene; hun horte kun Rosten, som hun kendte fra saa mange stille Aftener, og hun saa igen Fru Berg som hun sad *der* under Lampen, og hun horte hende le, som hun lo ad Tines strommende Taarer—Tine, der tog Livet saa glad, graed over Boger som en Kalv—Taarerne, der nu brod frem igen en paa en....

... "Snart taendtes der Lygter og Fakler, som lyste paa Kongens sidste Rejse, og Beboerne langs Vejen kappedes om at vise den Hedengangne den sidste AEre. Klokkerne ringede fra alle Taarne, og hver Gaard og hvert Hus—til det fattigste—havde Lys i alle Ruder. Paa mange Steder havde i den morke Nat samlet sig Grupper af tause Tilskuere...."

Henne i Krogen gik Sofies Snoften over til hojlyd Graad, men Skovrideren blev ved at laese:

... "Taet ved Banegaarden stansede Vognen; de otte sortbetrukne Heste blev spaendte fra og fortes bort af Staldbetjentene, som gaaende havde fulgt deres hoje Herre; et Sejldugsklaede spaendtes over Vognen for at skaerme den og Kisten mod den lette Regn, der var begyndt at falde. Husarer forrettede den sidste Nattevagt for Kong Frederik den Syvende"....

Berg holdt inde lidt—hans Stemme begyndte at blive haes.

Tine sad og saa frem for sig: hun taenkte paa Tragedierne, de havde laest om og om igen, den om Axel og saa den om Dronning Zoe.... I femte Akt begyndte altid ogsaa Fru Berg at graede og, kom der noget rigtig smukt, trykkede de hinandens Haender under Bordet.

Berg foer fort med at laese om den sidste Procession og om Talen. Hans Stemme blev bevaeget, saa man horte den knap:

... "Han er nu bortkaldt fra sit Folk, men dets Kaerlighed ledsager ham til Graven med et inderligt Farvel. Det lyder fra alle Borgersamfundets Kredse, fra Krigeren, der kaempede for ham og Faedrelandet paa Valpladsen, fra den, der i Fredens Gerning erkender, at Vindskibelighed og Velstand under ham er stegne; fra Bondens haederlige Stand, for hvem Frederik den Syvende har fuldendt, hvad Frederik den Sjette begyndte"....

-Ja, sagde Berg, det er sandt.

Tine for sammen, da han stansede, og da han igen begyndte, horte hun efter Ordene: det var den sidste Aften jo, nu de laeste —for saa laenge, for hvor laenge....

... "Atter loftedes nu Kisten fra sin Plads og henbares til Kapellet, ved hvis Opgang Herolderne og en Del af Folget havde opstillet sig. Med Gejstligheden i Spidsen skred Processionen gennem Kapellets Indgang, Kisten sattes paa sin Plads. Sjaellands Biskop holdt fra en sortbetrukken Talerstol en Bon, den sidste Begravelsesceremoni fandt Sted, og Salutskudene udenfor Kirken forkyndte, at nu var Kong Frederik bisat".

Sofie holdt Haenderne op for sit Ansigt, Tine blot saa paa Berg, der laeste:

... "Under Orgeltoner forlod Folget i Taushed Kirken, og Deres Majestaeter vendte tilbage til Kobenhavn."

Berg foldede Avisen sammen; uden at nogen talte, rejste Tine sig til Farvel.

Saa sagde Berg, i det han laenede Hovedet mod Vaeggen og saa saa langt ud i Stuen—som en Gang for:

-Hvor Drengen dog graed, da han kom i Baaden.

Sofie skulde folge Tine, og de fik Lygten taendt. Dens dinglende

Lys faldt ujaevnt hen over Hegn og Pil. Sofie talte om Varsler og Tegn:

Der var nok af dem—der ha'ed' ikke vaeret for rart i Skovridergaarden, nu i Sommer—saa det huseret' ved Nattetider.

-"Vognen" ha'ed hun da hort den alene tre Gang'—saa tydelig den var svinget' op for Trappen den sidste Gang. Og da de kom ud, var der ikke mer Vogn end bag paa en Haand—ikke mer end bag paa min Haand, det saa ogsaa Fruen.

-Og *det* ved en da, sluttede Sofie og snoftede, hva' saa'en Korsel betyder.... naar'et til fornummes tre Gang'....

Tine talte ikke, og de blev ved at gaa frem i Morket. Hunden i Per Eriksens Gaard for op, og inde hos Jomfruerne Jessen vaagnede Moppen.

-Ja, Gud hold' sin Haand over baade Herren og Fruen, sagde Sofie i en Tone, som kastede hun Jord paa dem begge.

Tine drog Vejret som En, der frysende vaagner.

-Hvor det bliver *koldt* ved Dannevirke, sagde hun.

De var naaet til Drejningen ved Kroen, og Tine vidste, at Sofie var angst for at komme *for* naer til Kirkegaarden Nattestunder.

-Nu kan jeg gaa alene, Sofie, sagde hun: Tak nu—Sofie. Og saa passer du nok Skovriderens Te, saa den bliver, som den plejer —ikke?

-Ja—farvel, jomfru Tine.

-Farvel.

Tine horte Hundene, der for op igen paa Sofies Vej—mens hun langsomt gik hjem imod Skolen.

* * * * *

Tine bankede og horte forst Dagge, der tog paa at go, og saa Moderen, der kom af Sengen og ud:

-Det er mig, Mo'er, sagde hun.

Madam Bolling lukkede op i Nattroje og Kappe med Strimler: Skovrideren er indkaldt, sagde Tine kun, da hun kom ind i Gangen.

-Aa Herregud, aa Herregud, klagede Madammen, og hun lod

Dorene staa helt ind til Bolling, mens hun gik; aa Herregud—aa, Herregud!

-Det var jo ventendes, sagde Bolling, der sad op i Sengen.

Tine maatte forklare det, som det var, at Jessen havde bragt Budet ved Dampskibet. Naa, saa hun fik 'et at vide, naa, saa hun fik 'et at vide, blev Madammen ved med de samme Ord i en Uendelighed: naa, saa hun fik 'et at vide, Staklen....

-Ja. Gud vaere med os, sagde Bolling med foldede Haender, da der omsider blev stille.

Tine var traet, og hun sagde Godnat. Hun tog i Doren til "Skolen" for at prove, om den var laaset, for hun gik op ad Trappen; og henover Loftet holdt hun Lyset varsomt for Halmens Skyld, hvor Gravenstenerne var spredt.

Inde i Kamret stillede hun Vaekkeuhret til Slag og flyttede Gyldenlakkerne fra Ruden ned paa Gulvet.

Nedenunder smaasnakkede Foraeldrene endnu, det lod, som var det naesten i den samme Stue.

-Ja, Gud bevare os alle, sagde Faderen endnu en Gang dernede: nu er det fjorten herfra Sognet.

Saa faldt de hen, lidt efter lidt, og Tine horte deres vante Aandedrag, roligt og taktfast naesten, op gennem Huset.

Hun kunde ikke sove. Hun laa og taenkte paa en Dag i Efteraaret—den sidste, hvor de havde vaeret i Skoven Skovriderens og hun....

De skulde ned med Mellemmaden i en Kurv, til Lilleskoven, for at mode Skovrideren ved den forste Lysning. Forpagterens fra Ronhave modte de i Kalechen, *de* skulde til Bispens, og der blev en Snakken midt paa Vejen, for de skiltes.

De gik videre. Herluf rodede efter Brombaer op ad hvert et Gaerde. Fuldt af Nodder hang der i alle Hegn. Tine snappede dem, mens hun gik.

De vilde slaa ind over Marken, men Herluf hvinte bag dem: han sad fangen fast i Rankerne og hylte, med sit hele Ansigt smurt sort af Brombaer:

-Se Drengen, se Drengen, raabte Fru Berg og lod Tine faa ham los; selv lob hun op imod Markhojen.

-Kom, kom, raabte hun oppe fra. Hvor her er dejligt.

Det var, som saa man den hele O idag i den klare Luft—Bakke og Dal—saa gron og blod. Langt ude blev Skovene borte som i blaalige Skyer, smilede Husene frem mellem det mangfoldige Gront. Og i Himlen var der ikke Bund.

-Saa dejligt, dejligt her er, sagde Fru Berg.

Men Herluf gav ikke Ro; han vilde "fanges"; og de lob, lob, alle tre, Hojen rundt.

-Ja—her er det dejligste Land, raabte Tine, der loftede den fangede Herluf op i Armene. Og alle tre lod de sig plumpe ned i den sene Klover.

De gik igen over Marken henimod Skoven, hvor de satte sig ved Braendestablen foran den lille Lysning; her var Sol endnu og ganske lunt.

Haekletojerne kom frem af Lommen, og de smaasnakkede:

-Det var svaert, saa de fra Ronhave korte til Bispens nu—det var anden Gang.

-Tredje var det—i to Uger.

-Og saa hang Herredsfogeden bagpaa—som Fjerdemand til Lhombren.

De blev ved at snakke; Herluf gav gammelklog sit Besyv med i Talen. Og godt *underrettede* var de, for i Skolen vidste de, hvorhen Kalecherne rullede: Vejene skar jo hinanden ligefor Doren; og *der* blev vekslet Nik og Goddag eller gjort Holdt, mens Bolling eller Madammen eller Tine kom ud paa Trappen.

Saa tav Fru Berg og Tine lidt igen og arbejdede begge stille under Traeerne:

-Hvor dog Skoven holdt sig, saa gron den stod.

-Det kom af Regnen, den megen Regn i Sommer.

-Ja. Men huskede Tine ifjor—de lod begge Haekletojet synke og saa ud mod det brunlige Skovbryn—da den var gul i September.

De blev ved at tale om Skoven: *naar* de havde vaeret her sidste Gang *det* Aar og *det*.

-Nej—ifjor var det knap man fik Nodderne bjerget.

-Men i 59 havde vi Skovtur i Oktober, sagde Fru Berg.
Herluf raabte, lidt derfra, mellem Traeerne: Tine skulde
komme, Tine maatte komme derhen. Det var en svaer og bojet
Gren, der hang som en Gynge, taet ved Jorden. Herluf vilde op,
og Tine gyngede, saa han graed og lo. Saa skulde hun selv op.
Fru Berg vilde gynge hende:
-Op Tine—op.
-Den knaekker, den knaekker, raabte Tine—det *var* en Vaegt—
mens Fru Berg svingede til Grenen, saa Tines Skorter floj om
hendes Ben.
Pludselig satte Ajax og Hektor ud af Krattet og halsede op mod
Tines bomuldsbestrompede Laegge:
-Skovrideren, skreg hun og satte bums ned paa Jorden paa Hug
—Fru Berg maatte le ud med Ryggen til et Trae, for hun kunde
komme hen og faa Del i Aftensmaden, som Tine havde bredt ud
paa en Serviet.
Berg, der var dukket frem af Krattet bag sine Hunde, sad
allerede paa en Traestub foran Maden og talte med Tine om
Roserne hjemme: det var snart paa Tide at tage sig af dem nu.
Naetterne var *dog* blevet kolde.
Haven var Bergs og Tines stadige Faellesvirke. Skovrideren var
 Rosenelsker og krydsede ogsaa Fuchsier; og Fru Berg, der jo
var fra Horsens, fik aldrig rigtig Haandelaget i en Have. Saa var
det Tine mestendels, der hjalp med dit og dat, og gik tilhaande.
Om Forsommeraftnerne var der travlest. Fru Berg sad kun oppe
paa Havetrappen i sit Sjal og saa til og snakkede over Plaenen
til de to, som syslede og beskar og vandede. Hun saa dem tilsist
kun som et Par Skygger mellem Roserne, hvor det skumrede.

... De havde pakket ind for at gaa. Herluf og Tine legede Tagfat
over Lysningen, mens Berg og Fru Berg gik bagefter Arm i Arm.
De kom ud paa Landevejen: lys og klar laa Aftenluften over de
plojede Marker—hvor Tine, hun lo henne bag Omdrejningen!

-I saadan Luft *horer* man Tine, sagde Berg, der standsede.

Skovrideren mente altid, Tine havde en Rost for fri Luft, saa frejdig som Vorherre havde givet hende den.

-Kom, Tine, raabte Fru Berg, lad os synge. Fruen tog Tine om Livet, og de gik langsomt henad Vejen, mens de sang. Da de kom lidt ind i Verset, satte Berg en halvdaempet Bas til, saa det lod over Marken:

Flyv, Fugl! flyv over Furesoens Vove! nu kommer Natten saa sort: alt ligger Sol bag de daemrende Skove, Dagen den lister sig bort. Skynd dig nu hjem til din fjedrede Mage, til de gulnaebede smaa; men naar i Morgen du kommer tilbage, sig mig saa alt, hvad du saa!

Rundtom blev det Fyraften. Foran Gaarde og Huse kom Karle og Husmaend frem; i Rad rog de sindig Piber.

-God Aften—god Aften, kom det fra Rogerne stille ud mod Vejen til dem.

-God Aften, Anders Nils.—God Aften, Lars Peters. Tine hilste dem alle ved Navn.

Foran Lars Eriks stod hun lidt—den Gamle var saa plaget af Gigten—: Naa, hvordan er det saa? spurgte hun op til Porten.

-Ja-a, dog altid li'som no'et bedre, svarede langsomt Svigersonnen.

-Naa, saa Gud ske Lov da.

-Ja, saa Godnat, Hans Lorents. sagde Tine og gik igen.

De andre var blevet ved at synge, og Herluf havde taget Faderen i Haanden. Foran dem laa Kirken og Skolen. Himlen begyndte at blive rod bag ved det gamle Taarn.

Flyv, Fugl! flyv over Furesoens Rislen. Kaerlighed kalder dig hjem; saet dig nu kont mellem Lovbuskens Hvislen, syng saa din Kaerlighed frem! Kunde, som du, jeg i AEtheren svomme, ved jeg nok, hvor gik min Flugt; jeg kan i Lunden kun sukke og dromme, det er min Kaerligheds Frugt.

De tav. Det sidste Stykke Vej til Skolen gik de tavse imellem Hegnene. Hans Husmands Sine, der gav sin Ko den sidste Graesning paa en Vejkant, for hun drev den hjem, nejede, med Strikkeposen i Haenderne, da de kom hende forbi.

I Skolen sad gamle Bolling paa Trappen med sin Pibe, og kom ned og hilste. Madammen ventede dem, med Strikkestrompen, i Doren: hun havde Butterdejgskringler, frisk bagte, idag; og Fru Berg og Herluf kom op, til Saede paa Baenken, mens Bolling blev staaende nedenfor med Berg og talte om Skovauktionen. Nede ved Kaeret blev Smedien lukket, og ovre ved Kroen kom Madam Henrichsen, bred og stormaegtig, ud paa sin Baenk mellem de to hvide Sojler. De hilste alle over Pladsen—ogsaa til den svaere Knud Smed, der gik hjem med sin Hund.

Det var som alle maatte trives og blive runde og sunde i dette Nabolag, her paa "Torvet", saa velnaerede de alle var, baade hos Bollings og i Kroen og Smedien.

Klokkerne begyndte at ringe, og de sad alle stille. Kun Berg og Bolling talte hviskende nedenfor Trappen. Sine drev sindig sin Ko til Vands over Pladsen. Den drak og brolte, dumt og langt, ud over Kaeret.

Klokkerne horte op. Saa skal vi vel hjem, sagde Fru Berg, og Tine fulgte med dem. Himlen var dunkelrod over Hegn og Marker.

Hjemme i Dagligstuen sang Fru Berg lidt i Skumringen ved Klaveret—den om "lille Grethe". Skovrideren lod Doren til sin Stue staa paa Klem.

Herluf var traet og faldt i Sovn paa sin Skammel med Hovedet op mod Sofaens Kant; Fru Berg flyttede hen til ham, og lidt efter blundede ogsaa hun.

Hun vaagnede halvt. Tine ser nok efter Bordet, sagde hun saa med en sovnig Stemme, og Tine rejste sig for at se efter Sofie— Fru Berg blev sjaelden rigtig vaagen, for Lampen var taendt og Theen inde.

-Nej, er der daekket, sagde hun da, helt overrasket, og kom nok saa rank op i Sofaen.

Efter The plagede hun Berg til en Whist med Blind. Tine blev som i Badstue saa gloende for hver Rubbert, hun spillede med Skovrideren.

Eller Berg laeste, i den store halvmorke Stue, hvor der kun var lyst rundtom Lampen. Mest var det Oehlenschlaeger, han laeste, eller ogsaa Palludan Mueller—Tine havde Lommetorklaedet fremme i sit Skod.

Bagefter, naar Tine skulde til at gaa, lob Fru Berg og hun paa Vejen ud i Spisekamret og fik en Syltekrukke ned i en Hast og spiste af samme Kop:

-Ja, ja, ja, Berg, nu kommer vi, sagde Fru Berg og pustede Lyset ud, for de havde faaet den sidste Mundfuld i sig: her er vi jo. Mand.

Berg ventede i Gangen med Lygten. Det var blevet sent, han vilde selv folge Tine hjem. De gik henad Vejen, hvor Huse og Gaarde laa som taettere Skygger i det stille Morke. Hundene vaagnede kun halvt og sendte en sovnig Knurren efter dem. Berg loftede Lygten for at finde den torreste Vej i Solet. Her, Tine, her er godt, sagde han, og Tine gik omhyggeligt efter Lyset med Kjolen loftet—at blive "fulgt" af Skovrideren var det aerefuldeste, hun vidste.

-Vi ses, hilste Berg, naar de skiltes.

-Skovrideren har fulgt mig, sagde Tine uden at tage Vejret, knap Doren var lukket op. Men Madam Bolling var gnaven. Det lignede dog ingenting at komme hjem her den sene Nat.

Men da de Gamle nu var vaagne, maatte Tine alligevel ind til Sengen: der var altid noget at tale eller sporge om fra Skovridergaarden.

Tine gik op, mens Foraeldrene blev ved at snakke. Det var en Vane hos Madam Bolling, at blev hun forst vaekket om Natten og kom op i Underskortet, saa havde hun ti Ting at gaa om, ud i Kokkenet og ind igen, mens hun stadig talte med Bolling.

-Ja, ret nogle velsignede Mennesker, bekraeftede Bolling dernede.

-Tine, sagde Madam Bolling op gennem Loftet.

-Jo, Mo'er.

-Tine, du, husk det lille Stykke Smor imorgen Barn, jeg har lagt til Side—det artede sig saa vel i Kaernen, saa jeg lagde det til en Side ... de kunde dog smage det dernede.

-Ja, Mo'er sagde Tine og blundede ind med Foraeldrenes Ord i
sine Oren.

-Jo, *de* har gode Hjerter, sluttede Madam Bolling af; hun kom
endelig af Underskortet og op til Bolling.

* * * * *

Tine kunde ikke falde i Sovn inat. Foraeldrenes rolige Aande lod
bestandig op gennem Huset. Men Tine sov ikke. Hun taenkte
paa alle disse Aar, paa Skovridergaarden, hvor alt var oprevet
nu, paa Herluf og Fru Berg, der var rejst, og paa sin egen
Barndom.

Hun huskede Vintermorgnerne, naar alle "Faers Born" korn til
Skole i Morke og Moder trillede dem ud af det meget Toj—
Trine og Lars Erik's Lene—inde i Sovekamret, mens Tine saa
forundret til fra Sengen. Og saa sang de Morgensangen, mens
hun fik Kaffe paa Dynen.

Om Sondagen var der Glasvaeg for Praestens Vogn, og
Kordrengene sad i Kokkenet paa Baenken ved Spandene og fik
Kaffe i Husmandskonernes Spolkummer for at varme sig, mens
Praesten praedikede.

Men lidt efter lidt laengedes Dagene og Snemanden blev sort og
lind. I Syskolen hos Jomfru Jessen om Eftermiddagene saa de
uden Lys. Eftermiddagsskolen var forbi og for sidste Gang
hujede "Faers" Drenge hen over Pladsen, og hun og Kroens
Katinka havde den ene—de spillede Paradis, mens det
skumrede.

Moder og Madam Henrichsen kom i strikkede Torklaeder frem i
Dorene, og Fader rog sin Pibe paa Trappen.

-Den lider, Vintren, nu, sagde han over til Smeden.

-Hun lider, svarte han, som skoede Lars Erik's Skimlede.

Staerene kom i alle Skolens Kasser og endelig Storkene, Kroens
Stork ret paa Gavlen. Drenge og Piger sang til den i Frikvarteret,
i store Kredse, mange Dage. Hver Mand, der skulde til Kros eller
til Kirke, gav sit Besyv med om Storken. Der var Tegn og
Maerker og Varsler at tage af, om den floj hojt eller om den floj
lavt og naar den gik i Mose—baade for Somren og Saeden og for

Regn for Skt. Hans.—Den kom sent. den bringer Varme, sagde Balling. Han vidste Datum for, naar Kroens Stork var kommen siden 39, da han selv kom i Skolen. Han forte Bog med baade Stork og Staere i sin tyske Almanak.

Foraaret kom, og Vinduerne blev lukkede op i Skolen.

Ud over Pladsen horte man det som en travl Summen af Bibel og Landkort og Katekismus.

Saa sang de tilslut med hoje Stemmer, mens Bolling slog Takten med den store Pegepind; Madam Henrichsen gik saamaen tit ud i sin Dor blot for at hore til.

-Det er, som det frisker Ens Hjerte, sagde hun, de gamle Melodier.

Baade Faedrelandssang og Psalme lod der over Pladsen, til Bornene tilsidst jublende slap fri og Bolling kom ud paa sin Trappe at svale sig en Stund, efter Dagens Sved.

Om Aftenen, naar Ringeren gik til Kirke, tog Tine ham ved Haanden og fulgte med. Han gik op at ringe, mens hun sad paa en Sten ved Doren, bag Buxbomhaekkene, eftertaenksom og stille.

Alle Vogne holdt ved Skolen nu, i det milde Vejr. Landhandleren og de fra Gammelgaard og Madam Esbensen, Jordemoderen, der fik Kaffe ud i Fjederstolen paa sin Vogn:

-Der er altid travlt her i Sognet om Foraaret, snakkede Madam Esbensen.... Her har vi et af de bedste Sogne i Distriktet—i Maj Maaned.

-Det kommer af forklarede Madammen videre, at det er raske Folk, som ved at blive faerdige med Hosten.

Madam Esbensen fik Vafler ud til Kaffen, og der blev en Slidder Sladder halve Timer om baade Nedkomst og Barsel, foran Trappen.

-Ja, ja, det gi'er Offer, nikkede Madam Esbensen til "Farvel" og jollede af i Fjederstolen. Tine bragte Kop og Tallerken ind; for Madam Bolling maatte forst give Madam Henrichsen Besked— hun kom ud for at hore, *hvor* det var, og hvordan det stod.

-Hos Hans Lorentz'?—Ja, jeg taenkte del. Det er vel Tiden....

32

-Naa—*der* gaar det da paa hvert evigste Aar, sagde Madam Henrichsen.

-Ja, svarte Madam Bolling og sukkede lidt, det er jo Guds Vilje. Og Madammerne gik ind.

... Sommeraftner, naar Ane-Pige var kommen fra "Lodden" med Maelken, sad Madam Bolling og Tine paa Trappen. Graveren kom med Spaden fra Kirkegaarden og gik hjemefter.

-Naa, Niels Lars, sagde Madam Bolling, *er* det saa gjort?

-Ja, Madam, svarte han, nu er der Plads.

-Ja, Gud ske Tak, hun maatte stride haardt—ja, Gud ske Tak ... Ja, saa Godnat, Nils Lars, nikkede Madam Bolling.

-Godnat, Madam.

Og Graveren gik, med Spaden, nedad Gaden, bag Kroen, mens der blev stille paa Pladsen, hvis Luft var fyldt af Buxbom, Hyld og Lind.

Naeste Morgen blev Pladsen stroet med Blade og Sand. Det var tungt for Baererne at naa op forbi Krolaengen med Liget; de hvilte midt paa Pladsen, med Kisten stillet paa de sorte Bukke. Saa gik de videre ind paa Kirkegaarden. Graven var taet ved Muren og Madam Bolling og Tine horte Talen ind i Kokkenet.

Om Aftenen gik Madam Bolling ind at se paa Kranse. Efter Eftersynet kom hun til Saede paa Trappen med sin Strompe. Madam Henrichsen sad ovre hos sig mellem de to hvide Sejler.

-Saa er *hun* henne, sagde Madam Bolling; Og Gud ske Tak—hun stred sin Strid.

-Ja, hun var et Skrog, bekraeftede Madam Henrichsen.

-Men Gud loser op til sin Tid, sluttede Madam Bolling, og de strikkede tause.

Tine og Katinka kom op om Kroen Arm i Arm—de gik til Praesten sammen nu—; de sang, mens de lob hen over Sand og Buxbom.

Aarene gik.

Helg og Sogn og Hostens Tid—Uge paa Uge, fra Sondag til Sondag.

I Degnegaarden skiftedes de til at gaa i Kirke nu, Moderen og

Tine; en maatte jo blive ved Huset; Pastoren skulde have sin ordentlige Kaffe efter Tjenesten.

Idag var det saa varmt og stille, at Tine havde lukket op til begge Sider under Kirketiden. Solen laa frem over Bordet og den Damaskes Sofa; alle Stuer var fyldt med Lugten af Gyldenlak og Roser.

Psalmen med dens mange Roster i Diskanten lod ind gennem Haven. Det var "Dejlig er Jorden", de sang; Tine falde i og nynnede den med, mens hun gik.

En Kirkegangskone kom op gennem Laagen, og Kordrengene foer ud af Vaabenhuset, hujende ned gennem Buxbomhaekkene:

-Skal I forstyrre Pastoren, raabte Tine ud. Og, lidt mere lavmaelte, begyndte Drengene at spille Klink op ad Kirkemuren. Selv satte Tine sig—det hvide Bord var faerdigt—paa Forhojningen saa andaegtig, som kunde hun hore Kapellanen praeke helt herind.

Naar hun horte den unge Praest i Kirken, sad Tine gemt bag Orgelet og graed som et sprukket Kar, saalaenge han var paa Praedikestolen. Hun havde nu i det Hele svaert nemt tilvands i denne Sommer, og det tog hende og kom over hende, alting, som en Bedrovelighed—saa Kroens Katinka lo hende ud, saa det klukkede.

-En lille Hjerteve, min Pige, sagde Tinka og kladskede Tine midt paa Barmen: hos dig arter det sig saa Skam til Bedrovelse.

Tine blev ved at sidde paa Forhojningen. Udenfor laa Pladsen solbelyst og stille. Dovne var Kordrengene faldne hen langs Muren, og ovre paa Krobaenken sad kun Praestens Nils i Skjorteaermer og rod Vest og spyttede saa langstrakt ud i Solen.

Psalmesangen begyndte igen, og de forste Karle listede, varsomt og skrattende sig, af Kirke for at faa Piben stoppet ved Porten, med Tommelfingeren. Der kom fler, og nogle gik til Kros, hvor Kaffepunchen kom paa Bordet og Kortene frem til et Slag, bag de aabnede Ruder.

Ude paa Pladsen bredte de unge Karle sig med taendte Piber i store Kredse, mens Pigerne endnu holdt sig indenfor Kirkegaardsporten i en undselig Klump.

Hos Degnens blev fire, fem Gaardkoner baenkede og sad lavmaelte og stramme rundt om Madam Ballings Flodekumme, mens Tine bod Kaffen om til dem og Kapellanen—det var, som fik hun det saa underligt i Skuldrene og blev helt stivarmet, bare hun var i Stue med Kapellanen. Og Ojnene stod stirrende helt ud af Hovedet paa hende, blot han talte til hende, som nu.

Saa hortes en Vogn omme bag Krolaengen, og Tinka, der fniste ude paa Pladsen med Landhandlerens Sonner fra Notmark, fordi hun saa Kapellanen og Tine ved Vindvet, maatte til Siden for Gammelgaards Brune, som satte op imod Skolen.

Kortspillerne i Kroen vendte sig i Saedet Naa—saa det er *ham*, der javer med Dyrene, sagde Knud Smed, og de spillede videre.

Tykke Sten var pustende og svedig kommen af Vognen og rystede Benene paa Skolens Trappe efter det lange Saede. Der er ellers nyt, sagde han, efter at han var kommen ind og havde givet Haandslag rundt og havde faaet sig sat; I har saagu' faaet Skovrider udnaevnt, Folkens—iforgaars, Berg hedder han, sagde han og gav Kapellanen "Berlingske" til Eftersyn.

-Saa blev'et ikke ham fra Graasten, sagde Bolling.

-Og det var godt det samme, erklaerede Madammen.

Kapellanen laeste Udnaevnelsen op: H.R. Berg hed han og var Premierlieutenant i Reserven; og der blev en Debatteren om, hvem han kunde vaere og hvorfra han var. Det *kunde* vaere en af de Bergs fra Gram, mente Bolling, *der* var en Forstraad Berg i 1829....

-Det huskede Madammen ... De var egenlig kommen oppe om fra Kolding....

-Og var ret en herlig Familie, sagde Bolling.

De to Gaardkoner paa Flojene begyndte ogsaa at tale med halvhviskende Roster—om den *gamle* Forstraads de havde begge to vaeret med til at vaske den salig Forstraadinde den sidste Gang—hun laa med Hovedet paa baade sin Bibel og sin Psalmebog.... Og de blev ved at tale om Ligstue og "Klaedning" og Begravelse, til de blev meget rorte og torrede Ojnene med de sammenlagte Lommetorklaeder, mens den midterste Kone stadig dyppede Butterdejgskringler, sendraegtig men uafladelig, i Madam Bollings Kaffe og fik dem fortaerede.

-Nej, af Slaegt er han fra Kobenhavn, fortalte Sten, der nu fik Kaffe budt af Tine; en ung Mand, sagde Herredsfogeden....

-Men gift er han, Jomfru Bolling, sagde Sten og tog Tine i Armen. Og Tine, der, naar Kapellanen var paa Sognets Jorder, gik om med en Sekstendels Besked paa alting og vaagnede rent som forskraekket ved hver Tiltale, sagde med et Ryk:

-Er han?—saa de alle lo, mens den midterste Gaardkone endelig blev faerdig og sindig fik sin Kop sat tilbage paa Bordet.

Stens Kusk, der fik en Kaffepunsch rakt ud af Vindvet, havde bragt Nyheden til Kros, og Kortspillerne, som pustede af Hede og Punsch, gav deres Besyv i Laget: Saa blev'et vel endelig til no'et med Auktionen efter Forstraadens da. Naa—stort var det nu ikke med Besaetningen.

-Men de Skimlede, de kunde dog taenkelig blive tjenlige til Traekkebrug, mente Knud Smed.

Hos Degnens brod de op. Hun har s'gu faaet et Streifskud, Degnens Tine, af den Praestespire, sagde Sten til sin Kusk, mens de korte hjem ad Gammelgaard til....

... Ude paa Pladsen blev der tomt saa lidt efter lidt.

Smaaklyngevis drev de Unge hjem bag Hegnene.

Madam Bolling kaldte paa Tine gennem Huset; hun vilde gaa lidt fra Dorene for at give Madam Henrichsen rigtig Besked.

Men hun fik intet Svar. Tine stod inde paa Kirkegaarden i Hjornet, og saa efter Kapellanens Vogn. Nu blev den borte mellem Haekkene.

Tine vendte tilbage og gik ind i Skolestuen for at tage en Sangbog ud af Bunken. Hun skrev saa mange Viser af i en blaa lille Bog i Sommer. Oppe paa sit Kammer slog hun op paa "Ridder Aage", der tog "Kisten paa sin Bag". Den skrev hun af, med Skonskriftbogstaver, Vers for Vers.

Nede paa Pladsen slog Kroens Karle Kegler, og Kortspillernes

Stemmer lod ud i Aftenen.

Madam Bolling kom fra Kirkegaarden nu, mens Klokkerne ringede. Hun havde vaeret inde om at se til Forstraadens Grav. Det var ogsaa en Guds Skaendsel, saa Ringerens holdt den allerede; nu havde hun da plantet en Levkoj ved Korset i det mindste.

Kortspillerne var langsomt gaaet hjem, og Kroens Karle hviskede sagte paa Baenken, mens begge Madammer sad i de hvide, opsatte Kapper foran deres Dore og strikkede tause.

Tine kunde ikke mere se og satte sig ved Vinduet Aftenen var kolig og fuld af Dug. Blomsternes Duft steg op fra Kirkegaard og Have. Hver Lyd blev hort—hver Latter over Markerne og Buskenes Raslen fra Paradisstien, bag Kirkegaardsmuren, hvor Parrene kaeredes.

Der kom en Vogn over Pladsen og standsede ved Skolen. Tine horte Stemmerne: de talte om Skovriderens igen.

-Ja, vi faar dem jo til Nabo, sagde Madam Bolling sindigt.

Og Vognen korte videre, til Lyden dode.

En Flagermus skod forbi eller en Ugle. Over alle Marker og Hegn laa Aftenen tyst; kun paa Paradisstien raslede Buskene sagte.

-Tine, kaldte Madam Bolling fra Trappen.

-Ja, Mo'er, foer Tine op og fik Lommekluden frem; hun maatte torre sine Ojne.

-Saa Godnat, Madam Henrichsen, lod det nedefra.

-Godnat, Madam Bolling.

Og Dorene blev lukket rundt omkring....

* * * * *

Om Efteraaret kom Skovriderens; og Herluf blev fodt og han voksede til, og Vintre gik og Somre.

Midtsommers blev hele Huset fuldt af Gaester hos Skovriderens —de fra Kobenhavn og alle de fra Horsens. Tine kom der mest kun et Lob om Morgenen, med noget fra Haven eller med en Kande tyk Flode—man skulde altid tro, der var mere Forslag i Bollings fire Koer end i Skovriderens fjorten, og Madam Bolling

lagde, saa lang Ferien var, sit Hoved i Blod med "hvad den Stakkel vel skulde finde paa at give alle de Mennesker at spise."
-Det er ikke let, det er ikke let, for saadan et Kobstadbarn, sagde hun.

Naar Tine kom ned i Skovridergaarden i Morgenstunden, var Rullegardinerne nede endnu i alle Gaestekamrene. Fru Berg lukkede sagte Doren fra Sovekammeret op og kom ud paa Afsatsen i Natkjole:
-Er det Tine, hviskede hun.
-Ja.

Tine listede op; Fru Berg sad i Sengen: Hun havde ikke haft Blund i sine Ojne, sagde hun, for at lytte efter Tine. Det var en Vandkringle, som skulde laegges:
-Og De ved, Tine, at de Vandkringler altid—og Fru Berg slog hjaelpelos i Taepperne—mislykkes for mig ... (der var mer end Vandkringler, som "altid mislykkedes" for Fru Berg).
-Tine kunde jo snart faa lagt den Smule Kringle.
-Aa Tak, Tine, De er god, sagde Fru Berg og skuttede sig lidt i Sengen.
-Og saa lukker De nok et Vindu op, Tine, bad hun og nikkede, mens hun puttede sig under Taeppet.

Fru Berg elskede at faa det sidste Blund med den friske Sommerluft hen over Sengen.

Mens Tine stod og lagde Kringlen, kom Skovrideren hjem gennem Gaarden og stansede foran Kokkenvinduet.
-Men hvor har De vaeret gemt saa laenge, Tine, sagde han og blev staaende lidt og saa paa Tine, der arbejdede saa rask i Dejgen med sine runde Arme.
-Ved du, Marie, sagde han undertiden til Fru Berg: Tine kan virkelig vaere ganske kon—om Morgnerne....

Om Eftermiddagene sad Madam Bolling og Tine ved Vinduerne i Stadsstuen, Bolling var mest paa Lodden nu, da der ikke var Skolegang.
-Tine, Tine, raabte Madam Bolling til Datteren, der voksede Traad—: de fra Ronhave....

Ronhaveren svingede om Krolaengen med en stor
Holstenskvogn fuld af Fremmede.

-Nu har de vist Snesen, sagde Madam Bolling. Hvor de faar
Plads, du ... hvor de laegger dem, Tine, sagde hun. Og hun
regnede op, hvordan de vel kunde "laegge dem".

Tine blot nikkede og nikkede, til Vognen var forbi.

-De tre med Hattene var der ikke i Torsdags, erklaerede Madam
Bolling saa til Slut og strikkede igen.

De fra Notmark kom forbi og Skovriderens med alle *deres* paa
en Hostvogn. Der blev en Viften og en Vinken, mens Fru Berg
raabte til Vinduerne:

-Til Storeskoven—til Storeskoven, raabte hun, mens de
Fremmede sang hen ad Vejen.

   Det Land endnu er skont, thi blaa sig Soen baelter, og Lovet
   staar saa gront, og aedle Kvinder, skonne Moer og Maend og
   raske Svende bebo de danske Oer.

-Den Sorte? er det hendes Bro'er? spurgte Madam Bolling.

-Ja ... Saa' du Skovrideren, at han nikkede? sagde Tine, som lod
Sytojet ligge i sit Skod.

Saa kom Bispens—med to gamle Valle Stifts-Damer i Kaleche;
Madam Bolling hilste ved at neje til Gulvet paa Forhojningen.

Og Stens korte med deres Studenter; Hele Oen havde
Fremmede nu.

Katinka, der ikke veg fra Krobaenken den lange Eftermiddag,
maatte over og udose sit Hjerte. Hun havde bevaegede Tider
om Sommeren; For man blir anskudt. Madam Bolling, af de
Kobenhavnere, sagde hun.

-Aa—der var Studenterne hos Stens og ham, den
sortsmudskede, hun vidste ikke, hvad han var—fra Ronhave....

-Disse dejlige Mandfolk, sagde hun og satte Haenderne rapt i
Siderne, saa hun stod som en Hankekrukke.

Madam Bolling syntes skarn ikke, der var stort ved de
Springfyre.

-Men Skovrideren er kon, sagde hun, Skovrideren er kon ... *Det*
endte Madam Bolling altid med, *hvormange* Mandfolk der saa

var paa Tale.

Fangels korte op om Krolaengen og holdt Mellemmadskurvene op foran Skolevinduerne; De skulde til Lille-skoven—bare et Trip.

-Saa de farter, sagde Madam Bolling, saa de farter. Ja, Gud ske Lov, ja, Gud ske Lov. Det er jo osse ret et dejligt Land.

-Blot de nu har husket Spiseskeer til Groden, sagde Tine. Hun taenkte stadig kun paa Skovriderens.

-Du skulde gaa et Lob derned, du skulde, sagde Moderen. Der er vist baade et og et andet ... Det er ikke saadan, at ha' Huset fuldt af saa mange liggende Personer.

Tine gik ned og "saa lidt efter" i Skovridergaarden, mens de var i Storskoven.

Om Aftenen sad Tine laenge paa Baenken paa Trappen. En efter en korte Vognene hjem med deres sovnige Gaester.

-God Aften, hilste Kusken daempet.

-God Aften, svarte Tine.

Og Gaesterne nikkede—halvt i Sovne, mens de rullede forbi.

Tilsidst gik Tine op; Foraeldrene var allerede i Seng.

Langt borte hortes en Vogn, hvor de sang; den kom naermere og rullede forbi:

Danmark, dejligst Vang og Vaenge, lukt med Bolgen blaa, hvor
de tapre danske Drenge kan i Leding gaa....

-Tine, lod det nedefra, med en daempet og langt udtrukken Rost for ikke at vaekke Bolling, der sov: Horer du?

-Ja, Mo'er.

-Det var Skovriderens.

-Ja, Mo'er.

Tine stod ved sit Vindu, mens Sangen blev svagere og svagere:

... mod de Tysker, Slaver, Vender, hvor man dem paa Tog hensender— en Ting mangler for den Have, Leddet er af Lave.

-Nu var de ved Skovridergaarden—nu drejede de ind.

Og det var kun Landhandlerens fra Notmark, der arbejdede saa tungt med Hestene op om Krobakken—i den stille Nat.

... Naar Fru Berg kom hjem fra Sonderborg efter at have fulgt de

sidste Sommergaester, faldt hun ned i den gamle Sofa hos
Degnens. Saa—nu er *de* afsted, sagde hun og pustede.—Og Gud
ske Lov, lo hun. Gud ske Lov for det.

Kaffen kom paa Bordet; ude i Kokkenet gik, glad, Madam
Bollings Jern til de varme Vafler.

* * * * *

Saa kom Efteraaret og AEbleplukningen og siden den store
Slagtning.

Hele Huset lugtede af Ingefaer og Timian og Peber hos
Skovriderens. Fru Berg og Tine og alle Pigerne sad de,
indbundne i Veste og Sjaler, i Bryggerset i Kreds om Spandene
med Blodet og stoppede Polser. Fru Berg fortalte Polsehistorier,
og Maren skulde synge.

Hun kvaedede Visen ret ud, som kom den fra en Trompet, mens
hun stak i Rullepolsen med nogle vaeldige Sting; Fru Berg satte
i med Omkvaedet, saa det klang;

Polse, Vin og Kaerlighed, det er Livets Herlighed!

Tine rorte Indmaden til de hvide Polser, mens Sofie, der var
dobbelt saa "emballeret" som de andre og saa tilbunden om
Hovedet, saa hun saa ud som en Haardtsaaret, haandterede
Mandlerne, der skulde skoldes.

-Vi Bysens Folk forstaar os ikke stort paa det Slagt'vaesen,
sagde Sofie, der jo var fra Horsens. Hun stod mest og saa til,
med Haenderne under sit Forklaede.

Krydderierne skulde i den hvide Indmad, og Fru Berg vilde
have en Kende Vanille med. Hun og Tine lob ind med et Lys for
at finde den i Sekretaeren, hvor den var pakket ned i en Skuffe
mellem det fineste Solvtoj.

Lyset stod paa den nedslaaede Sekretaerklap, mens de sogte.
Fru Berg snakkede og trak Skuffer ud og Skuffer ind—de fandt
ikke Vanillen. *Der* var bare hendes Lommetorklaeder, og der
bare Breve ... Hun blev staaende med Brevskuffen trukken frem
paa Klappen og lo:

-Det var Bergs Breve fra det *forste* Aar, de var forlovede ... Hun
loste Pakken og bredte de store, blaa Brevpapirer ud paa

Klappen og laeste, ved Taellelyset. Hun lo og begyndte at laese hojt: det var lutter Stjerner og Forglemmigej og Stumper af Digte—alt.

Tine lo med, mens de blev ved at staa indpakkede i deres mange Sjaler foran Taellelyset: "Du godeste Gud—ja—det var *den* Gang," sagde Fru Berg og holdt pludselig op at laese.

-Og det troede man var Kaerlighed, sagde hun og slog den flade Haand ned mod Brevpakken, mens hun lo.

De sogte videre og endelig fandt de Vanillen. I Kokkenet var Fedtegreverne paa, og der stod en Damp over Skorstenen. Husmandskonerne, der var komne med deres Spande, sad paa Baenken ved Doren og ventede; det var altid, som havde hver en Husmand haft Slagtning, naar de havde slagtet hos Skovriderens.

-Se god Aften, god Aften—ja, nu er Greverne paa, raabte Fru Berg.

-Tine, nu henter vi Peberne.

De gik ind i Spisekamret, hvor de faerdige og trinde Polser skinnede i lange Rader, bredte ud paa Straa, og de fordelte dem i Partier til hver.

-Lad den gaa med, lad den gaa med, sagde Fru Berg og slog en sidste

Sortepolse som en tyk Snog hen til Ane Taekkemands:

-Der er mange Munde, sagde hun; og de delte Portionerne ud til Huskonerne, som rullede Peberne omhyggeligen ind i Bomulds Klaeder og kyssede paa Haanden baade "Fruen" og "Jomfruen".

-Ja, ja, Ane, sagde Fru Berg, som helst trak Haanden til sig: nyd det med Helsen ... nyd det med Helsen.

-Nu faar I Greverne i Spandene.

De oste op med den store Slov i Spand efter Spand:

-For livsalig Lugt, sagde en af Konerne, der skuttede sig saa hjemligt som en Kat ved Ild.

-Ja—ja, det kildrer i Naeserne, sagde Fru Berg, der lo uafladelig af Fryd og Fornojelse.

Den sidste havde faaet og langsomt kom Konerne afsted.

-Ja, ja, da, ja, ja, da, Tine fik Ende paa Anes Taksigelser—hun gik som den sidste med Spanden og sine Polser, der var pakkede ind som en Byldt.

Da de kom tilbage til Bryggerset, havde Sofie sat sig til Borgelade paa Fru Bergs Stol midt under Lampen:

-Ja—jeg har hort om 'et for—sagde hun. Jeg har jo hort om 'et for —og hun stak Hovedet helt frem over Spanden med Blodmad af Begaerlighed efter at hore det en Gang til.

Det var den ene af Pigerne, som fortalte om den skindode Datter hos Lars Eriksens: Hun havde rejst sig fra Baaren, paa en Gang, midt i Ligstuen, i alt sit hugne Ligtoj.

... Da Tine skulde hjem, vilde Skovrideren folge hende. Men hun lob alene—det var jo maaneklart og ganske lyst.

-Saa underligt det dog var herude, i den friske Luft, mens hun lob, kom alle Stumperne af Skovriderens gamle Breve igen i hendes Tanker, hun kunde dem jo udenad—Saetning paa Saetning.

* * * * *

Julen blev naer. I den sidste Tid maatte Tine hjaelpe Fru Berg med hendes Presenter. Fru Berg blev aldrig faerdig med sine Gaver og der var altid saa rigelig med halvsyede Ting paa Julebordet.

-Aa—hva', sagde Fru Berg, man syer dem efter Nytaar.

Men Tine tog i alle Fald nogle af Gaverne hjem og syede om Natten ved et Lys, med Kanevasgarnet spredt over Dynen. Hendes Fingre hovnede op, saa koldt som det var.

Og Julen kom og den gik.

Det var Hellig-Tre-Kongeraften, Tine kom ned i Skovridergaarden i Morkningen. Fru Berg havde siddet ved Vinduet med en Bog og stjaalet det sidste Dagslys.

-Saa de dog snakker om den Kaerlighed, sagde hun og slog Bogen i. Hun flyttede sig hyggeligt hen til Kakkelovnen til Tine....

-Ja, sagde Tine langt og saa ind paa Favnebraendet. Men hvad er den da? spurgte hun.

Fru Berg lo hojt op; det kom saa pudsig grublende fra Tine. Men saa holdt hun op at le og sagde, mens ogsaa hun saa ind i Ilden:

-At vaere to sammen, tror jeg—og vaere glade, sagde hun sagtere. Og de sad begge to stille, foran Ilden, til de gik ind at taende Traeet.

Skovrideren og Fru Berg og Tine sad og snakkede, mens de sidste Lys braendte ned; om Julegilderne og Nytaarskalasserne; nu blev det rent galt, nu efter Nytaar. Nu stod Korehestene da ikke stille en Dag i Stalden.

Fru Berg begyndte saa at nynne paa en Psalme, og de sang den halvhojt, hun og Tine, Psalmen om "de tre Konger", mens de saa paa Traeet.

Herluf sad stille ved Faderens Knae og stirrede blot op paa Lysene.

-Fa'er, nu er Julen ude, foer han op; der var kun de allersidste Lys tilbage, dem, han skulde puste ud. Men Sofie skulde ind at se det—og alle de andre ogsaa: han lob ud og han hentede alle Folkene ind, lige til Hans Husmand. De hilste "Godaften" og blev staaende ved Doren i en Klump paa deres blaa Sokker.

Halvmorkt var Traeet blevet og Stuen; der braendte kun seks-otte flakkende Lys endnu.

Berg loftede Herluf op og han pustede: Pyh—nu er Julen ude....

-Pyh—nu er Julen ude, pustede han, saa stolt, som satte han almaegtigst Julen paa Doren for hvert Lys, han slukkede, mens de andre saa opmaerksomt efter Lys paa Lys.

-Det *sidste*, raabte Fru Berg. Det sidste.

Nu var det sidste slukket, og der var morkt, mens Faderen stille satte Herluf ned paa Gulvet Fru Berg tog Skovrideren under Armen og tause gik de alle ud af Stuen.

De havde spist Syltetojet og Tvebakkerne ved Lampen og Tine skulde hjem. Fru Berg vilde gerne gaa et Trip i det dejlige Vejr, og de fulgtes ad, alle tre. Det var klar Frost med Sne over alle Veje.

Drengene havde lavet Glidebaner langs de store Grofter. Fru Berg og Tine gled—Tine forrest. Fru Berg, hun lo og faldt; Tine satte afsted saa fejende og bred som en Fregat, der saettes paa Vandet.

Saa gik de stille igen, mens Sneen knirkede under deres Fodder. Langt borte horte de over Marken Lyden af Violin og Flojte.

-Det er hos Anders Lars' til Dansen, sagde Tine.

Paa Pladsen var der lyst—med Sne over Muren og paa alle Kirkens Takker. I Skole og i Kro var der stille, lukket og slukket.

-Ja, sagde Berg, saa er den Jul da ude.

De var stansede alle tre og stod nu tause taet ved det islagte Kaer.

-Ja, sagde Fru Berg og hendes Stemme slog lidt over.

-Men her, Henrik, er der dog altid som en Smule Jul.

Tine nikkede: Ja, hviskede hun, her er dejligt.

Og alle tre stod de et Ojeblik bevaegede, med Ojnene ud over de hvide Marker under den stjernehoje Himmel.

Det var sidste Jul.

* * * * *

Tine lagde Ansigtet ned i sin Pude og begyndte at hulke. Laenge graed hun og graed hun.

En tung Vogn kom op over Krobakken, og hun lyttede. Det var Landhandlerens. Saa var det hen imod Morgenen.

Lidt efter lidt faldt endelig Tine helt i Blund.

II.

Der var Fremmede hos den enarmede Baron. De var kommet tidlig, lidt efter Middag allerede—Folk holdt af at vaere sammen i de Dannevirkedage—og havde spist i Havestuen. Nu var de ved Punschen i Dagligstuen, hvor der stod en Rog af Piber.

Lhombrebordene var slaaet op foran Vinduerne, men der var ingen, som havde sat sig til uden Doktor Fangel og Landmaaleren, som sad og nikkede saa smaat i Mangel af en Tredjemand til Spillet; for de andre kom ikke til Kortene, men gik og gik kun, op og ned, i Krogene, i Smaaklynger og blev ved at tale, hojt, om Bustrup og Vaerkerne og Mysunde og om den sidste Krig.

Over alle Stemmerne horte man Kapellan Graa, der stod foran Sten fra Gammelgaard, hvem han naaede omtrent til midt paa Maven. Han talte om Slaget ved Isted og den kaere Drot, hvormed han mente den afdode Kong Frederik VII. Han kom til Ende med en lang Ordstrom, hvorunder meget Spyt var flojet ud paa Stens Vest, og han sagde som et Slags Resume:

-Ja, da sejrede Danmarks Hjertemagt.

Kapellanen blev staaende—borte i et stort Troens Smil. Han var Grundtvigianer og kvaekkede som en Fro.

Ovre i Hjornet ved Bogskabet havde en Kreds slaaet sig ned omkring Postmesteren fra Augustenborg, der fortalte om Dagene ved Frederits—*da* havde han vaeret med: Det var Storm paa Skandser og Brand af Vaerker og Gaaen paa med Bajonetten under glade Trommehvirvler. Naar de blev bombarderede, lod de Regimentsmusiken spille, og naar de stormede, sang de.

Som Hostfolk havde de klaedt sig ud og nappet Projserne i en Kornager.

Alle kom de med i Samtalen ved Bogskabet Man drog fra Frederits til Isted, og fra Isted til Bov, de drog fra Sejr til Sejr.

Sten fra Gammelgaard havde ogsaa vaeret med, han havde kaempet under Helgesen.

-Ja, en hed Karl var han, sagde han, og sloges som en Roverkaptejn.

De blev ved at tale om Ryes Ord: "den *skal* tages og *nu* frem—"; om Schleppegrel; og om de Meza, der skiftede Handsker midt under Kugleregnen. Hver fortalte hojlydt *sit*—undtagen Kammerherren, Provsten og den Enarmede, de stod sammen midt i Stuen og talte om Regeringen, der kendte sit Ansvar. Ellers var det en Vise om Lystighed og de spiddede Projsere, saa Krigen lod som en Fanfare gennem Stuen af munter Stormen paa og saftig Spog og glade Signaler—indtil Frederik Klint, en Student, der var her i Besog og ikke kunde gaa med paa Grund af en manglende Finger, han havde faaet skudt af ved Skydeovelse i en Skytteforening, greb sit Glas og raabte, hed af Krig og Punsch:

-Ja, lad dem komme, lad dem komme—vi ta'er imod dem.

De raabte alle med, med skinnende Ojne, og paa en Gang sang de, "den tapre Landsoldat", med hoje, larmende Roster, alle— undtagen Provsten, der begyndte at gaa op ned paa Gulvet, urolig som paa de store Offerdage i sit Sakristi, og Kammerherren, som kun stod med sit hvide Skjortebryst frem og smilte.

Gamle Fangel vaagnede af sit Blund ved Sangen. Ja, i Guds Navn, sagde han—med den Saetning plejede han at fortsaette sit Livsvaerk efter hver Skraber—, og han begyndte at nynne med dem, der sang—hojere og hojere (Studenten oppe paa en Stol) saettende i paa hvert et "Tyskerne", de sang, som slog de dem ned med Naever for deres Fod.

Sofie kom ind med tilbundet Hoved med Aviser og Post, mens de sang endnu, og de holdt alle op som med et Ryk:

-Endelig, endelig, sagde Provsten som stakaandet og greb efter Tidenderne. De havde ventet paa Posten i Timer nu.

-At han dog kom tilsidst, sagde Baronen febrilt, og sogte sin Avis i Bunken.

-En ka' vel ikke fly'e med Ilpost, sagde Sofie, naar Vejen' er saa glatt', at En knap ka' kryv', naar En ikke vil stikk' i Sivsko.

-Ja, de vil snuble, de vil snuble, raabte Klint og knyttede sine ni Fingre.

De stod alle runde om Lampen, to, tre om hver Avis, saa ingen kunde laese: Lad Provsten laese, sagde Sten.

-Ja, vil Hojaervaerdigheden laese, bad de alle, mens de satte sig rundt om Bordet, og Provsten fik aabnet Bladet for den tredje; Depecherne var kun de kendte, men der var en Korrespondance fra Dannevirke i "Bladet"—den kunde han laese;

-Ja, laes, laes, raabte de alle.

Hans Hojaervaerdighed holdt det lovemankede graa Hoved rankt, og med sin myndige og runde Stemme, der fyldte Stuen blodt, laeste han bredt og klart Korrespondancens Ord, som oplaeste han en Proklamation; mens de andre sad med Blikket faestet paa hans Ansigt, taust hengivne, et Par med foldede Haender—og han blev ved at laese.

Sofie var blevet staaende henne ved Klaveret, hvor hun graed. Korrespondenten skrev om Vogne med "praegtigt Kod" og en Maengde Brod og Skaale fulde af Gryn, og om de "troende" Soldaters Mod. Saa gik han over til at tale om "Stillingen", og Hojaervaerdigheden laeste uvilkaarlig med hojere Rost, dvaelende og endnu bredere som en Digter, der, kaelende, oplaeser sit eget Vaerk;

"De vide ialfald, hvordan Stillingen ser ud at der er en lang Vold, det gamle kaere Dannevirke, som vi i et Aartusind have kaempet om, og som Ingen endnu har kunnet tage fra os. De vide ogsaa, at der langs denne Vold er opkastet Skanser, og at Stillingen stottes ved Oversvommelser. Og mere behove de ikke at vide: Mere er det ikke vaerdt at fortaelle. Det er en Fryd at staa paa disse Skanser, hvoraf hver er en stejl Faestning, fra hvis Ildsvaelg Dod og Fordaervelse ville spredes i Fjendens Raekker,—at se derfra ud over Terraenet og at taenke sig vor Ild bestryge Vejene, ad hvilke Fjenden rykker frem. Lad ham kun komme. Modtagelsen vil blive varm"....

Sten havde lagt sin Naeve over i Forpagterens fra Vollerup, som trykkede den uden at vide det. Studenten havde rejst sig igen, og Hr. Graa sad og slog sine smaa runde Haender, knyttede, ud i den tomme Luft.

Provsten blev ved at laese:

"Ja, jeg har frydet mit Blik ved Stillingen, mit Sind og Ore ved at hore den Lyst og Iver, hvormed Soldaterne arbejde paa Forberedelserne til Kampen. Vejene vare glatte, de plojede Marker, over hvilke jeg red, vare haardt frosne, og Hesten havde ofte Besvaer ved at arbejde sig frem mellem de Knolde, som Jorden havde dannet. Men jo vanskeligere Vejen var, desto gladere var jeg. Ti disse Vanskeligheder vil Fjenden faa at overvinde. Det vil ikke blive nogen let Sag for ham at arbejde sig frem med sit Skyts og sine Troppemasser paa disse Veje, hvor Ilden fra Skandserne vil oprive hans Geledder ved hvert Skridt. Det vil blive besvaerligt for ham at storme los"....

-Ja, ja, mumlede Studenten gennem sammenbidte Taender.

-"Naar hans Soldater glider ud paa Isen eller snubler over Jordklumperne, medens vore Kugler gor lyst imellem ham og hans Blod farver de hvide Marker rode...."

Provsten holdt inde. Men der hortes ikke en Lyd; det var som de alle med deres skinnende Ojne saa baade Marker og Blod.

"Mangen kraftig Mand"—laeste han igen—"vil laegge sine Ben her i den fremmede Jord; mangt et omt Moderhjerte vil faa det Budskab, der er tungest af alle. Men det maa vaere vor Trost, at Ulykken vil ramme vor Fjende haardere og at langt flere Taarer ville fremkaldes i hans Hjem end i vort. Gid Tilliden ikke maa blive gjort til Skamme, gid Modet maa blive lonnet, og gid mit naeste Budskab maa lyde: Sejr. *Jeg* haaber det, vi haabe det *alle*; men Afgorelsen ligger i Guds Haand".

Provsten holdt inde og lagde Avisen ned paa sit Knae, men Kapellanen sagde med vidtopspilede Ojne:

-Ja, Gud vil vaage over sit Danmark.

Nu stod Provsten op; bred og stor vuggede han et Ojeblik sit

Caesarhoved frem over Bordet: Ja, brod han ud og lagde sin Haand myndigt ned paa Dugen, de Ord, vi har laest, *spejler Nationens Haab*. Det er vor Fortrostning og vort Haab—og han rettede sig rank, saa det hvide Bryst stod frem som et Pantser— at Dannevirkedagen, den vil vaekke vort gamle Land. Femten Aar har vi ventet, til vi naesten fik ventet os i Sovn. Bojet os har vi—og Provstens Stemme sank, den havde saa let ved at antage Fald som af vuggende Jamber—til vi blev naesten en duknakket Flok....

-Ja, ja, raabte de, og de, som sad endnu, kom op at staa.

-Der ikke havde egen Vilje i vort eget Hus. Og sorgeligt gik Indrommelsernes Spogelser gennem Lande. Men saa en Dag ilede Folkets bedste Maend forud for Folkets Tvivl, og nu er Stunden naaet, den Stund, som disse Maend har *villet*. Ja—og Praesten loftede Rosten, mens det gav ligesom et pludseligt Saet gennem alle de Maend, der lyttede. Skulder ved Skulder— vi har deres Ord derfor, som de "med velberaad Hu" have villet. Ti Danmarks Hjertesag—de vidste det—den maatte faegtes ud. Nu kunde der—forstod de—ikke krybes laenger som Hunde ved Tyskens Bord, hvis ikke det dyreste skulde gaa os af ubodelig Eje og—*Selvagtelsen* skulde glemmes i dette Land.... De raabte alle Bravo og "Hor" og hede Ord, som ingen forstod, mens de saa paa ham med aabnede Munde.

-Ja, raabte han og loftede Haanden halvt, mens han selv aandede svaert, den har de villet redde ad *den lige Vej*: Danmarks Selvagtelse er det, som vaernes i denne Stund.

Han taug.

De raabte ikke mer, stod tause lidt, mens Sten og Forpagteren fra Vollerup pludselig loftede Armene, som svingede de et Par voldsomme Vaegte i deres Haender. Saa lostes de i Grupper paany, og talte igen—om "Sejren" og "Slesvig" og "Retten". Ja, horte man Graa sige over dem alle: Gud vil skaerme Tyra Danebods Vold; medens Kammerherren, der stod taet ved den sammensunkne Provst og skulde "sige noget" og ikke fandt det, endelig vendte sig til Postmesteren og sagde, med en Stemme, der var svagt snovlende:

-Min Go'e—det er saadanne Talere, som har skabt vort Land.
De blev ved at drikke og tale. Klint slog Vinduerne op: ude tog
Vejret til. Den taette Rog i Stuen loste sig i Traekken til store og
viftende Flager, som var det Skyer, der lettede over deres
Hoveder.

I Gaarden begyndte Kuskene at rumstere med Hestene til
Hjemturen. Men inde i Stuen blev Herskabet ved at larme og
raabe hojt, i Klynge om Vaerten, Baronen, der vilde tale. Han
vilde tale om Krigen og stod op paa en Stol:

-Krig, mine Venner, er en Provelse, men en Provelse,—skreg
han—der styrker Selvfolelsen; Krig er en Provelse, men det er
en Provelse, som haerder Viljen: Krigen er Folkenes rensende
Element—

-Ja, ja, raabte Forpagteren fra Vollerup. Og Sten, der sad midt i
Stuen og uafladelig forte sin knyttede Haand ned mod sit store
Knae, blev ved at sige:

-Ja, vi skal slaa dem ned—ja, vi skal slaa dem ned.
Kun Kammerherren og Provsten horte mer; de andre gik op og
ned, rodblissede, afbrydende, med hinanden om Halsen,
talende i Munden paa hverandre, om tusind Ting, Haeren,
Generalerne, Tysken; og—pludselig skaeldte de Kongen, Kong
Kristian.

-For han har ikke Danskens Hjerte i sit Bryst.
Det var Postmesteren, der skreg det forst, og der blev et Raab.
Men Baronen blev ved, staaende op paa sin Stol, med sin Strom
af Ord ud over de forvirrede Hoveder—om Krigen og den
danske Kvindes Jens, der vilde Afgorelsen ad den rette Vej;
mens det tomme AErme, som Traekken tog, daskede svagt mod
Hojaervaerdighedens Ansigt.

Der blev et Spektakel ved Vinduet, og alle strommede sammen,
saa Baronen holdt op. Det var Klint og Kapellan Graa, der rakte
Punsch ud til Husmaend og Kuske, Glas efter Glas: *de* skulde vel
ogsaa drikke for deres Brodre ved Dannevirke.

Alle stimlede sammen og fik de sidste Vinduer op: ude i

Gaarden saa de som Skygger Husmaend og Kuske i Kreds.
Ansigterne kunde de ikke skimte. Men, paa en Gang, havde de
derude loftet og tomt deres Glas, og der lod ni lange, daempede
Hurraer fast ud fra Morket gennem Stormen imod dem—som
en Ed.

Herrerne ved Vinduerne blev tause, pludselig bevaegede af
deres egne Kuskes Hurraer, og Provsten, der stod ved Siden af
Kammerherren, sagde med vibrerende Stemme, idet han
pegede ud i Morket:

-Hr. Kammerherre, det er Maendene fra Isted.

Gamle Doktor Fangel, der i Stilhed vidskede et Par Taarer vaek
fra Kinden, sagde til sin Sidemand, Landmaaleren:

-Det er *dem*, som skal do, du.

De vilde alle gaa tilbage i Stuen, da Klint sprang op, i et Saet, paa
en Stol ved Vinduet; bleg, med tilbagekastet Haar, talte han—
usammenhaengende, krammende om den rogfyldte Luft med
sin lemlaestede Haand, som om han vilde gribe de Syner, han
saa—og de blev staaende og horte ham:

-Om *Forerne* er der talt—mer raabte end talte han—ja, de, som
har fort de aeldre—men *os*, os de Unge, os, der skal kaempe nu,
os har andre fort: os har Digterne givet de nye Syn og varslet de
nye Tider ... Han, der har sunget Norden sammen til Enhed,
han, der har fort nordisk Ungdom til berommeligt Samtogt—
hans Syn har fort os til denne Dag....

-Ja, og sig nu ikke—og utaalmodig bevaegede han sin Haand
gennem Luften—at det er Syner, som er bristet—de kan vel
blive Sandhed endnu ... Men selv, mine Herrer, *om* det var
Illusioner, de Illusioner har maettet os og de har vaeret vort
Brod ... Og naar der nu—han vendte sig halvt mod Gaarden, og
Karlene, der intet forstod, men horte hans unge Stemme og saa
Skinnet paa hans Ansigt, loftede sig i Haenderne helt op til
Karmen, stirrede paa ham med lysende Ojne—staar som Vagt
ved Danmarks Vold en Skare, som ser med tindrende Blik ud
gennem Natten mod Danmarks Ransmaend—saa er det ham og
hans, som har naeret deres Haab og har fort dem herhen: *hans*

er Ansvaret og AEren—leve da *han* og *hans.*

Klint kunde ikke tale mer, de sidste Ord blev kvalt i hans
Strube; men som om Digterens ene Navn var Symbol paa alle
deres Haab og Tro, raabte de det, ude og inde, med Hurra, der
slog imod Laden, ud over Engen frem over Vaenget—igen og
igen.

Karlene horte ikke og vendte sig knap for at se efter Bolling, der
lob dem forbi, uden Hat, og raabte, endnu i Gaarden:

-Hvor er Tine? hvor er Tine? og lob op ad Trappen med den
samme skingrende Raaben:

-Tine? Tine? Hvor er Tine?

Inde i Gangen faldt han ned paa Loftstrappen og kunde ikke
tale, men virrede kun maallos med sit hvidgraa Ansigt:

-Aa, Herre Jesus, hva' er der paa Faer' i Degn'gaarden, hva' er
der paa Faer' i Degn'gaarden? raabte Sofie og begyndte at lobe
forvirret rundt om sig selv med "Torklaedet" i Haanden, som
hun tog af sig i Forskraekkelsen.

-Fa'er, Fa'er—Tine kom lobende med et Lys og bojede sig ned
over ham—: Fa'er, raabte hun angst, Fa'er—er det no'et med
Mo'er?

Men Bolling svarede ikke; for han med et tog hendes Hoved og
forte det ned til sin Mund og hvidskede; og Tine faldt, hvid, hun
ogsaa, tilbage mod Vaeggen og loftede sine Haender, som sank
igen.

Bolling kunde endnu ikke tale og ikke staa op, men pegede kun
paa Doren—Dagligstuedoren.

Tine gik ned og fik Doren aabnet, lod den staa og faldt om paa
Stolen ved Bogskabet. Benene bar hende ikke mer.

Provsten og Klint stod midt i hele Kredsen.

-Er det Vognene, spurgte Provsten hen imod hende. Og Tine
svarede—og vidste ikke, hvordan, ti det var ikke Ord, som
havde Lyd—:

-De siger, de siger, at de—er gaaet fra Dannevirke.

-Hvad si'er De? hvad si'er De? raabte Provsten. Tine saa kun
ham, hans Ansigt over sig, hvidt som et Lagen, alt andet blev

borte—men hun kunde ikke svare mer, pegede kun ud paa Faderen, der sad, lamslaaet, paa Trappen ved det forladte Lys.

-Hvad si'er De, Mand? raabte Provsten og tog i Bollings Skuldre: Er De gal? er De gal? og han rystede selv, saa han knap kunde staa. Hvad si'er De, Mand—saa forklar!

Men Degnen horte ikke; han vidste kun en Saetning, som han lallede, to Gange, som en Mand, der har faaet et Slagtilfaelde, eller som en Idiot.

-De er gaaet, de er gaaet, lallede han, mens han sogte at lofte Haanden med et Brev, han holdt—et Telegram, som Provsten tog og laeste og tabte ned, mens han blev staaende, ret op paa Trappen med stive Haender, over alle de andre, som var stimlede ud.

Saa gik Provsten ned, ind i Stuen, Sten stottede ham. De vidste det alle nu, men ingen talte—maaske et halvt Minut talte ingen.

Saa lob Forpagteren fra Vollerup, skaelvende som et Lov, hen og slog sine knyttede Naever ind imod Vaeggen og hulkede som en Gal.

Og man horte dem paa en Gang hulke, blege og magtlose og forbitrede; og Postmesteren fra Augustenborg lob frem og tilbage og sagde ivrigt Men det er umuligt—det er umuligt— Haeren—Haeren, bestandig gentagende dette ene Ord: Haeren, og demonstrerende med sine krumme Fingre.

Udenfor horte man Pigerne graede og Karlene, der gik stille tilbage til deres Koretojer.

Sten, der sad overfor Kapellanen, slog begge sine Haender ned paa hans Skuldre og saa den lille Gudsmand fortvivlet ind i Ansigtet: Skammen, Mand, Skammen, sagde han og hans Hoved faldt ned imod Bordet, som om han ikke kunde baere det mer.

Men saa gik der som et pludseligt Stod gennem Provsten, og han rejste sig midt iblandt dem:

-Inat har man *forraadt* Danmark, sagde han, rank igen, i sin Flok.

Og som om dette Ord gav Tilflugt for alles Fortvivlelse og Skam, Aflob for al deres raadlose Fortvivlelse, raabte de det alle i en

Strom af Ord, diskuterende, vilde, med blussende Ansigter—
Ordet: Forraederi. Og pludselig sprang Klint frem af sin Krog,
og, ude af sig selv, slyngede han med et Hvin sit Punscheglas,
der suste, fort som en Kugle af hans lemlaestede Haand, taet
forbi Hojaervaerdighedens Hoved, lige mod Kong Kristians
Billede, der knustes.

Der blev taust et Sekund, mens Glasset klirrede og Billedet gled
ned fra sit Som—Dannebrogsflagene over den afdode Konge
losnede sig ved Stodet og faldt ned i Sofaen tilligemed
Evighedsblomsterne—; men de begyndte straks at raabe igen,
anklagende alle, Generalerne, Scheel Plessen, Bluhme, Blixen-
Finecke, dem alle uden Forskel—mens Provsten, der ligesom
var kommen til Ro, sagde, idet han stottede sig til Bordet med
en stor Gestus:

-Men Folket vil drage dem til Ansvar, Folket vil faa sin Dag.
Ingen havde hort Doren gaa, men de vendte sig alle, nu ved
Stemmen, og de blev staaende forvirrede, som Folk, der
pludselig vaekkedes:

-Aa, her er Selskab!

Det var Bispen, spinkel og lille, med sit gullige Ansigt og det
hvide Skaeg; han saa et Nu hen over Borde og Glas og de
vaeltede Stole: Stort Selskab, sagde han og saa hen ligesom
gennem sin Provst, der endnu hvilede i sin Statsmandsstilling
ved Bordet.

De andre stod alle forfjamskede, midt paa Valpladsen;
Kapellanen vilde, stille, bag om Bordet, naa Majestaetens
Billede—men *slap* det: Bispen havde set.

-Og De ogsaa, Hr. Kammerherre, sagde Bispen blot og vendte
sig.

Kammerherren drejede underlig rundt paa de velskabte Ben,
som han skyldte sin Charge—"Louise vil se de Ben i stramme
Bukser", havde den afdode Folkedrot sagt ham ved
Udnaevnelsen, og det joviale Kongeord blev ofte gentaget i
Jurisdiktionen—og Biskop Dahl saa et Ojeblik ned paa disse
urolige Ben.

Saa sagde han i en helt anden Tone, mildt og meget indtraengende:

-Ja, mine Herrer, nu vil der blive meget at gore og meget at gennemgaa for os alle.

Han taug igen.

Det var iovrigt kun Baronen, han var kommen for at tale med, sagde han saa: snart kunde man jo vente "Tropperne". Hans Stemme skaelvede pludselig ved det Ord Tropperne, og han sagde: Men folg dog forst Deres Gaester ud.

De kom ud, og i Gangen tumlede de med Peltsene. Doren klaprede i Stormen, i Gaarden var der intet Lys—Lygterne var blaest ud—og de gled paa Jorden, der var glat som et Spejl, mens de ravede mellem Vognene. Man horte rundt om Kuskenes Raab; Sten stod og graed igen, laenet op til sine brune Heste.

De forste var kommet i Vognene og de begyndte at kore, Skridt for Skridt, med de snublende Dyr; de andre fulgte, op imod Stormen, ned ad Alleen gennem Morket, besvaerligt og langsomt.

Tine sad med sin Fader i Kokkenet, ved Siden af Skorstenen, *der* havde hun bragt ham ind.

-Naa, lille Fa'er, naa, lille Fa'er, havde hun sagt og klappet ham og klappet ham igen—han var som livlos, gamle Bolling—indtil han brast i Graad, laenet til Skorstenen. Saa havde de siddet der, tause sammen, laenge.

Nu tog Tine Haenderne bort, hvormed hun havde stottet sit Hoved, og som om den nye Stilhed vaekkede hende, sagde hun:

-Saa kommer Skovrideren hjem.

Og hun blev siddende ved Siden af sin Fader, stirrende frem for sig med store Ojne.

Fangel var den sidste, der fik Peltsen paa, det kneb med at komme i AErmerne. Da han kom ud paa Gaardtrappen, snublede han over noget paa Trinene. Det var Kapellanen, der sad, sammenfalden i sin Pelts, midt paa Trappen:

-Men, Menneske dog, sagde Doktoren, vil De fryse ihjel?

Menneske—vil De staa op! Og han ruskede i ham.

Men det var, som om den lille Kapellan ikke maerkede det. Med sit Dvaergeansigt, der saa ud som forvaaget, helt op til Fangels, sagde han kun:

-Men—hvad vil da Gud med sit Danmark?

Og gamle Fangel folte selv sine Ojne svide, da han efter at have besorget Kapellanen kom i sin Vogn.

Bispen var endnu alene. Laenge stod han og saa' ud over denne haergede Stue, hvor Gardinerne losnede sig for Vejret, med de forladte Glas og Bollen og Piberne rundt omkring—

Levningerne som af umyndige Russtudenters Sold "Bladet" var faldet paa Gulvet og laa og klappede op og ned i Traekken. Biskoppen tog det op og laeste et Ojeblik deri, og mens den gamle "Reaktionaeres" Ansigt fortrak sig til Spot eller Smerte, blev han ved med at laegge det sammen og sammen ligesom til en lang Svobe, og han lod det falde ned igen, ned mellem de tomte Glas.

Saa vaagnede han af sine Tanker, og han gik hen ved Siden af Sofaen. AErbodig tog han Kongens Billede op. Naensomt, mens Lampens Lys faldt paa hans Ansigt, losnede han de splintrede Glasstykker ud, et efter et, og haengte Kongebilledet hen.

De smaa Flag stak han op derover.

Saa loftede han Blikket og saa' paa Kong Frederiks Billede.

Laenge betragtede Biskoppen den hojsalige Majestaet—med et besynderligt, med et respektstridigt Smil.

Vinduerne slog i Stormen, Paa Vejen horte man, langt borte. Vognenes tunge og langsomme Rullen som af et stort, bortdragende Ligtog.

III.

Det var efter Middag, og rundt i Porte og Dore til Lader og til Stalde laa eller sad i Skovridergaarden tause Soldater ved deres Piber. Lars Forkarl skulde i Marken igen, og mens han sindig fik Baesterne frem og fik lagt dem i Tojet og kom afsted, flyttede Folkene, alle, langsomt Ojnene efter ham, hvor han gik—til han var ude og Gaarden var tom igen. Et Par Ord var der blevet vekslet om Dyrene, ovre i Laden.

Sofie kom frem i Bryggersdoren med en Spand og skulde til Bronds. Hun var naesten altid uden "Torklaedet" nu og havde et Par Tillob til Alexandralokker bag Orene, udenfor Nettet:

-Ka' En maaske komm' frem, spurgte hun Soldaterne paa Trappen; hun havde faaet en egen smidskende og koket Maner at tale paa, som om hun altid talte med Trutmund; og Folkene fulgte rundt fra deres Pladser "Skortet" over Gaarden.

Ogsaa ved Bronden haengte et Par Soldater, som begyndte at hjaelpe hende med Spanden.

-For Mandfolk er der allevegn', sagde Sofie hver Time paa Dagen til Tine, mens hun smidskede: En gaar rent og falder over Mandfolk.

Hun fik Spanden fyldt og gik tilbage over Gaarden, hvor Soldaterne, tause, stirrede paa hendes Ryg, til hun igen var inde.

-Naa—en Gang braender det vel los, sagde i Dagligstuen en Kaptejn i Sofaen og strakte de lange Ben utaalmodig fra sig paa Gulvet; de talte vel for tusinde Gang om "*dem*" derovre og om Uvirksomheden.

-Ja, det gor vel saa, svarte sindig Sidemanden, der rejste sig og slog ind i Kredsen af tre-fire andre Officerer, som midt i Stuen gik rundt og rundt paa Gulvet med en egen Slingren som paa et vuggende Skibsdaek.

Ellers horte man kun Kortenes Fald i den evige Whist, der ovre ved Vinduerne var begyndt efter Middag, og Tines Stemme, der kom med Kaffen:

-Tak, Hr. Lieutenant, sagde hun, Tak. Der var altid et Par Lieutenantsben at komme forbi i Dorene, naar man skulde ud eller ind.

Der blev en hoj Latter ude i Gaarden, og Officererne kom til Vinduerne. Det var Wrangel, som havde tabt sit Gevaer.

"Wrangel" var et Slags Fugleskraemsel, Folkene havde lavet oppe paa Tagryggen af nogle Stave med en Hat paa og et gammelt Taeppe; en Kost havde vaeret Gevaeret—nu havde Blaesten revet det los og slaaet det ned.

Soldaterne derude lo af fuld Hals ligesom Officererne—til de igen vendte tilbage til deres Pladser og Whisten, der ogsaa var afbrudt, begyndte paany.

Tine var med Kaffen naaet til Havestuen, hvor to Kaptejner sad paa deres Senge og stirrede dovne frem paa deres udspilede Ben eller paa sletingenting; ude i Haven travede to Officerer rundt om Plaenen, stadig skiftende for ikke at blive svimle, med Haenderne i Lommen—om og om Plaenen. Nu havde de vandret *der* en Time.

De to Kaptejner blev vaekkede op af Tine—Officererne havde altid et Ord til hende og hun et Svar til dem. Der var jo stadig et Par med Epauletter paa, som kom til og snakkede med hende; hvad hun saa tog sig til, baade ude og inde—de stod hos: Man er ogsaa i Ilden, min Pige, sagde Tinka i Kroen til Tine og slog sig for Brystet. Det var saadan et Dusin Lieutenantsojne, der ligesom altid hang ved dem: Hvorfor ska' man ikke la' dem? sagde Tinka og skuttede sig. Hun lod dem ganske gavmildt kysse sig vaek bag Dorene.

-Ja, idag skal det *vaere*, Jomfru Bolling, sagde den ene Kaptejn og fik rejst sig af Sengen.

-Ja—Klokken seks vel? sagde Tine og smilte med et, som hun stod.

Kaptejnen nikkede og strakte sig en Smule: Og godt er det, sagde han. Det er altid en Forandring, forklarede han med en Tone, der blev lavere; og han stod et Ojeblik, seende frem i

Stuen som saa han for sig de evige Skanser, som de nu, Uge efter Uge, var dragne ud til Og komne hjem fra, i Storm og under Regn og under Himlens Kulde, paa Udkigspost om Dagen, paa Lyttepost om Natten—kun ventende, uden knap at losne et Skud.

-Men det kommer vel en Gang, sagde han og satte Koppen lidt haardt fra sig.

Idag er det nok Lieutenant Bergs Tur at drage i Kantonnement, sagde den anden Kaptejn.

-Ja, sagde Tine og for lidt sammen: idag kommer Skovrideren hjem—Kl. 6; og hun nikkede to Gange med Hovedet mens hun saa ud i Luften.

Tine vendte sig og gik med Bakken. Ude i Gangen, der var fuld af Kapper og Kufferter og Bagage, ventede et Par af Officererne, siddende paa en Kasse; de plejede at fange Tine *der* til en lille Passiar, naar hun gik ud og ind. Men idag lob hun dem forbi.

-Jeg skal hjem, sagde hun blot og lo, mens hun snoede sig ud af en Arm—hun fik saa let saadan en Lieutenantsarm halvt ned om sig, hvor hun stod.

Lidt efter kom hun over Gaarden med et Torklaede om sig, som Blaesten tog i. Da hun naaede Enden af Alleen, sprang Lieutenant Appel over Havegaerdet ud til hende: Maa jeg folge med Dem? spurgte han med en hoj Stemme naesten som et Barns og begyndte at gaa ved Siden af hende.

Appel var det alleryngste Blod, og han var lige kommen til Haeren, saa han havde ikke vaeret med ved Dannevirke og aldrig i Ilden. Blandt Officererne talte han aldrig, men sad kun, genert eller drommende, hen og smilte saa undertiden med et Par store Ojne, som saa han et pludseligt Syn; eller han rejste sig og gik med et og uden Anledning ud af Stuen ned om Dammen, hvor der var ensomt—rundt om Dammen.

Der traf han Tine en Dag, da hun kom hjemmefra, over Gaerdet, og med hende begyndte han at tale—halvfrygtsomt eller kun nolende—om *det*, som han altid og uafladelig talte om: om Viborg derhjemme.

-Om Vejen langs "Soen"—det er saadan en dejlig So, sagde han, med et Smil, som saa han den pludselig for sig fuld af Sol—hvor "de unge Piger" kom, om Eftermiddagene og om Sondagen efter Kirke, to og to—"for de gaar saadan i Viborg," sagde han....

Saa taug han lidt, bestandig smilende:

-Aa—de unge Piger er saa konne i Viborg, sluttede han saa langsomt og taug igen.

Efter den Dag fulgte han stadig Tine; mest kom han i Morkningen; hun sad i Skovriderens Stue—*der* var dog *lidt* Fred —og havde forsogt at faa skrevet til Fru Berg; saa kom Appel og satte sig og talte, mens Tine blev siddende med Haenderne i Skodet og stille taenkte paa Brevet endnu, om hun ogsaa havde faaet skrevet alt: om Skovrideren og om alting....

Appel sad og fortalte:

-Det var i Julen; de havde vaeret til Bal; om Natten var det stjerneklart og saa var de gaaet hjem ad Gaderne—Herrer og Damer—allesammen i en Flok—for saadan er de i Viborg— hjem til Appels Foraeldre at drikke Vin, allesammen ... Og de blev samlet til Morgen....

-Ja, ja, sagde Tine, naar Appel taug, *hun* og De kommer nok overens, Lieutenant.

Hun lo lidt, til han pludselig rejste sig og begyndte at gaa frem og tilbage, laenger henne i Morket, med et paany greben af Tanken, han ikke turde tale om—ikke til nogen, og som pinte ham bestandig; Tanken om "Ilden", om "naar det kom" og hvordan det vilde blive, naar det kom:

-Naar mon det dog bryder los? sagde han og blev ved at gaa.

Han satte sig paany, men laengere fra hende og han sagde igen:

-For det maa dog bryde los! Og de taug begge, i Skumringen.

... Idag gik de tause henad Vejen—Tine saa rask, at hun naesten lob.

-Saa skal vi ud, sagde Appel med et som i et Ryk.

-Ja, svarte Tine blot: De skal jo det.

-Og de siger, "de" kan ventes, sagde Appel, der gik langsomt og saa mod Jorden.

Tine horte vist ikke rigtig—der var altid saa mange Ting, som
skulde huskes lige i de sidste Timer for Skovrideren han kom,
og Afdelingerne drog jo altid ud og kom hjem, og der var saa
laenge sagt, at nu kunde de ventes—:

-Hvor skal De ud? spurgte hun kun.

-I Nr. 2, sagde han hastig, og en staerk Rodme slog pludselig op i
hans Ansigt. Han taug og de gik nogen Tid; saa sagde han, mens
han saa ud i Luften—to Gange:

-Saa er man der paa en Gang—saa er man der paa en Gang.

Tine lob op ad Skoletrappen og Appel vendte om og gik ned ad
Krogyden. Han vilde ikke vaere sammen med nogen—han
maatte vaere alene; han var ikke sikker paa sig selv; og han blev
ved at gaa frem og tilbage paa det samme lille Stykke Vej
mellem to smaa Huse—frem og tilbage, som skulde han
skridtvis opmaale det, mens han kun taenkte en Tanke: nu er
det der, nu kommer det—Ilden, Ilden, hagende sig i det ene
Ord.

Tine gik ind i Stuen, hvor Officererne sad som i
Skovridergaarden. Inde i Stadsestuen, hvortil Doren stod aaben,
laa et Par Kaptejner med opknappede Uniformer paa Sengene.
Madam Bolling var ved Opvaskningen i Kokkenet Hun saa saa
inderlig traet ud, med mange smaa Rynker om Ojnene. Hun
forte en endelos Kamp med "alt det Smuds" i sit Hus—det kom
jo ind baade paa Gulve af Stovler og paa Vaegge af Kapper og
paa Borde af Piber—i alle Kroge.

-Man har ikke det Sted for sig selv, sagde hun, man har ikke det
Sted for sig selv ... Men vi skal vel ikke klage, vi skal vel ikke
klage.

Hun havde sat sig, men hun rejste sig op igen. Hun kom i
Tanker om det, hun "havde" til Skovrideren:

-Idag kommer han jo hjem, sagde hun, idag kommer han jo
hjem....

Det var *det*, Tine var kommen for. Madam Bolling plejede at
lave lidt Extra de Dage, Skovrideren kom hjem—nede i
Skovridergaarden fik man jo aldrig Tid, saa stor Indkvartering

der var.

Moderen fik hentet en Skaal. Det er saa lidt, sagde hun. Men hvordan skal man faa det lavet, min Pige. hvordan skal man faa det lavet?

-Og Bolling, og Bolling—Madammen sagde nu *alting* to Gange, det var en Slags Traethed i Hjernen—ja gaa ind til ham, min Pige, gaa ind til ham.

Gamle Bolling sad i Sovekamret, der var det eneste Rum, som de havde for sig selv, henne ved Vinduet. Han havde slet ikke kunnet forvinde den Nat den sjette—det var, som trak han tungt paa det hojre Ben, og Laaget vilde ikke rigtig op fra det hojre Oje.

Tine satte sig med Skovriderens Skaal paa Skodet: Naa, hvordan gaar det dernede? sagde han; ogsaa Maelet var blevet lidt besvaerligt.

Tine fortalte op om alting med en munter Stemme, mens hun lagde Taeppet bedre sammen om hans Ben: Du maa ikke fryse, Fa'er, sagde hun: du maa holde det om dig.

Og hun fortalte.

Ude i Stuerne begyndte de at bryde op og der blev Stoj i hele Huset, oppe og nede.

-De skal jo rykke ud, Fa'er. sagde Tine ind i hans Ojne.

Men Bolling der ikke horte efter mere, sagde kun med sin svaere Tunge: Ja—hvordan skal det ende, hvordan skal det ende? mens han stirrede paa Tine med et Par tomme Ojne.

Tine stod og glattede hans Haar og smilte: Naa, Fa'er, det kan jo blive godt endnu—man maa jo haabe.

Tine gik ud paa Trappen. Foran Kroen var der stuvende fuldt af Soldater, der kobslog i sidste Nu om Tobak og fik Feltflasken fyldt.

Rundt bag Hegnene kom de i Delinger fra alle Gaarde, mens Signalerne lod, kaldende, hojt, ud over Markerne.

Nede foran Smedens lille Lod stod der en Klynge Menige— Blaesten bolgede den staerke gronne Rug paa Lodden, mens Karlene droftede dens Kvalitet.

-Det er jo fin Jord, sagde En sindigt.

-Ja-a, svarte en Anden langt.

-Men saa givtig som paa Lolland er hun li'godt ikke, lagde en Tredje til.

-N-ej, saa givtig som paa Lolland er hun ikke, gentog de andre langsomt; og tause stod de alle lidt, seende frem over den gronne Saed, stottede til deres Gevaerer.

-Farvel, Moer, raabte Tine, der skulde bort igen, ind fra Trappen.

-Farvel og hils ham, svarte Madam Bolling, som lob ud i Doren. Tine gik ned over Pladsen, hun hilste og nikkede Farvel—hun kendte jo de halve af alle Ansigterne. Langs Vejen kom Kompagni efter Kompagni forbi hende; ind gennem Skovridergaardens Have lod Gevaerernes Raslen og de Marscherendes Trin og Officerernes Raab.

Skovridergaarden var allerede ode. Tine gik rundt og slog Vinduer op i de tilrogede Stuer. Der skulde ogsaa Lagener laegges paa Skovriderens Seng. Ude fra horte hun Kommandoraab og en Afdeling, der begyndte at synge.

Saa kom Appel lobende i Kappe, ind gennem Haven. Han kom ind, i Hast og bleg, og lob hen, hvor hun stod:

-Ja, de kan ventes, sagde han og kunde naeppe tale, medens han tog hende om Haandleddet, saa det smertede: Adjudanten har sagt det—de kan ventes.

Og han stod kun et Ojeblik stirrende paa hende, forvildet med hendes Haand krampagtig i sin, for han lob igen, ud gennem Gaarden med flagrende Kappe—han havde blot *maattet se et Menneske og sige det*, for han skulde derud.

Tine fulgte uvilkaarligt efter ham, ud paa Trappen og over Gaarden. Men saa vendte hun og gik gennem Leddet. Fra Markbakken kunde man se Regimenterne, naar de kom hjem. Solen var ved at gaa ned og Luften var kold og klar. Saa langt som Ojet gik over det vide Land, saa hun paa Bakker og paa Veje og bag Hegn Kolonnernes sorte og levende Myldr, der drog ud og kom hjem. Al Luften var fuld af Kommandoraab og

Signaler, og Bataillonernes Trin tabte sig bag Hojderne som Dron.

Der var Appel—midt paa Vejen svingede han sin Sabel.

Fremme over Bakkerne igen lyste Bajonetterne som Lyn, og langt borte horte hun de Hjemrykkendes Sang. Saa sang ogsaa de, der drog ud—i kortere Stod.

Tine vidste ikke, at hun selv sang med, hojt, fra Toppen af sin Banke. Hele Luften var fyldt af Soldaternes taktfaste Trin, Vaabnenes Klirren og Sang, mens Solen gik ned.

Saa saa hun Skovriderens Folk—*der*—paa den naeste Bakke— jo, jo, det var *dem*. Hvor de sang!

Og Tine lob ned og hjem.

* * * * *

Officererne var kommet tilbords om de dampende Fade, og Tallerkenklirren og Latter og Tale lod gennem Huset, naar Sofie gik ud og ind. I Borgestuen spiste Underofficererne Nadver, opvartede af Maren; og ude i Gaarden lob glade Soldater hojrostet frem og tilbage.

Berg sad, med skraevende Ben, paa Huggeblokken ved Skorstenen hos Tine, der stod og spejlede AEg. Det var naesten blevet hans bedste Plads, naar han kom hjem—her ved Skorstenen i den dejlige Varme, hvor Tine brasede, med blussende Ansigt. Der var jo saa mange Ting at sporge om og faa noje at vide; og her var da saa nogenlunde Fred.

-Tine da, raabte Berg og trak hende bort med Armen; det saa ud, som Flammen fra Veddet skulde slaa hen og tage i hendes Kjole.

Men Tine lo og blev ved at fortaelle.

I Borgestuen begyndte Sergeanterne at synge, og en voldsom Os af stegt Flaesk med AEbler stod ud i Gangen, naar Maren gik med Doren.

-En kan ikke fylde dem, sagde Sofie, som kom fra Officererne igen, med tomte Fade.

-*Der, der*, sagde Tine og gav hende de nye AEg paa et Fad. Berg laeste ved Taellelyset et Brev op fra Fruen. Underneden havde

Herluf skrevet med paaholden Pen mellem to Streger et "Hils Tine" med store Bogstaver.

De talte om Fru Berg—laenge, med halvdaempede Stemmer. De talte jo naesten altid om hende.

-Men hun trives ikke derovre, sagde Berg.

-Nej, hun faar ikke Sol nok, sagde Tine.

-Det er Tingen, nikkede Berg og stirrede ind i Ilden: Marie skal have saamegen Sol.

Inde i Dagligstuen var Officererne faerdige med at spise. Der blev spillet paa Klaver og ved Kakkelovnen slog man paa Braendestykker til. Ude i Borgestuen horte man Sergeanternes Viser. Hele Huset var fuldt af Madlugt og munter Stoj. Ude i Gaarden lyttede et Par Soldater til. De rog ved Leddet en sindig Pibe, for de i Laden skulde laegge sig.

Berg blev siddende paa sin Blok—Baronen var jo Vaert—, *der* gav han sig ilag med Madam Bollings Frikasse.

-Den Mad gor Undervaerker, sagde Sofie, som bevaegede sig gennem Kokkenet ud i Borgestuen. Der havde hun sit Hovedkvarter. Hun begyndte hver Samtale med Sergeanterne med et forklarende:

-Ja, jeg er nu fra Horsens; og stod, med Haenderne under Forklaedet, trippende foran Soldaterne, ikke ulig visse Honsefugle for Parringen.

-Tak for Mad, Tine, sagde Skovrideren og tog Tines Haand. Han var faerdig med Madammens Hone.

-Det er jo Mo'er, som har sendt det, sagde Tine. Velbekomme.

Berg laenede Hovedet tilbage og saa efter Tine, der havde Toddyvandet paa Ilden nu og satte Glas frem:

-Ja, I er saa gode, begge to, sagde han blodt og langsomt.

Og han kunde knap bekvemme sig til at rejse sig fra sin gode Krog—der ved Ilden.

Inde i Dagligstuen sad Officererne rundtom, i store Rogskyer fra deres Piber, saa maette og saa inderlig varme. De talte ikke saameget mer, sad kun og nod stille Stuen og Ilden og deres gode Plads, mens Tine gik rundt imellem dem i sit hvide

Forklaede, sund og staerk, og bod Toddyvand om. Officererne bojede sig frem og hviskede paa hendes Vej til hende, mens Lieutenant Lovenhjelm blev ufortroden ved at hamre "El Ole" paa sit Klaver.

Henne ved Kakkelovnen talte to Kaptajner med en Korrespondent fra Kobenhavn—en jodisk udseende Person, der skulde berove Berg hans gode Seng inat for at faa Lejlighed til "at se et landligt Kvarter"—om Faegtningen igaar: Det var attende Regiment og det havde staaet sig godt. Men Kaptajnerne vidste ikke, om man nojere kendte Rapporten.

-Tre Dode, Hr. Kaptajn, sagde Lovenhjelm og holdt et Ojeblik op at spille.

Den gamle Major, der talte inderlig holstensk, sad i Sofaen og beklagede sig for Berg: hans to Dotre vilde nu ogsaa herover—til Ambulancen.

-Ok hvat *skal* Fruentimmer hier? Er det nogen Platz for Fruentimmer hier? blev Majoren bekymret ved—da de pludselig gennem hele Stuen horte Tine sige med sin hoje, glade Stemme nede ved Klaveret til Lovenhjelm et:

-Nej Tak, Hr. Lieutenant—saa de alle lo himmelhojt, Tine ogsaa; Majoren gik bort fra Themaet "sine Dotre" og lagde Haanden over paa Bergs Knae, der sad ved hans Side:

-Niedelich, niedelich, sagde han og fulgte med Ojnene Tine i det skinnende Forklaede—ligesom Berg, der ikke tog Ojnene fra hende.

Majoren brod op, og de andre fulgte. Der blev et Lob paa Trappen og en Stoj oppe i Gaestevaerelserne. Stovler blev slaaet haardt af i hele Huset. Lieutenanterne i Havestuen kladskede som i Ferieglaede de flade Haender mod Vaeggene, til Signaler —det var som alle Livsaander slap los forst nu, de kom af Klaederne igen og i de gode Senge, hvor de laa i rene Skjorter mellem Laerredslagener. Glad Staahej var der i alle Stuer, og i Seng krob de i hver en Krog.

-Hva', det gor godt i Lemmerne, skreg de fra Havestuen og slog i Vaeggen. Oppefra bankede de med Sablerne i Gulvet om Ro.

Tine regerede ude i Fadeburet: det var blevet hendes Kammer. Hun tog Madratsen op af sin Seng; den kunde Skovrideren da i det mindste faa til Underlag paa sin Sofa.

Hun begyndte at rede op inde paa Skabsofaen under Kongerne —i Stuen sad kun den enarmede Baron med Korrespondenten. Baronen underholdt ham om sine Englaendere. Den Enarmedes Englaendere var to skindklaedte og gravitetiske Gentlemen, som var paa Als for at "se paa Krigen", og som Baronen foer om med ved Dag og ved Nat, paa Oen og i Skanserne, med Tungen ud af Halsen—ivrig som en Foreviser.

-Ja—kaere Ven, sagde han, er det ikke rorende ... de siger: *vore* Tropper—de taler om: *vore* Saarede, som var det deres egne, kaere Ven, deres egne *Landsmaend*—ja—det er rorende ...

Baronen taug et Ojeblik og Korrespondenten sagde:

-Ja, de Herrer foler for vor Sag.

-Og De kan rolig naevne dem i Deres Avis, sagde Baronen, De kan rolig naevne dem, min Herre, de vil intet have imod det, vedblev Baronen, som var det en kongelig Indrommelse af de Skindklaedte, at de maatte naevnes i en Avis.

Korrespondenten noterede deres Navne, for han lagde sig i Skovriderens Seng.

Tine var faerdig med Skovriderens Leje; rundtom var der blevet stille i Huset. Kun inde i Havestuen snakkede og rog de endnu siddende op i Sengene. En Lieutenant, der horte lidt Stoj i Dagligstuen og aabnede Doren fra Fodenden af sin Seng, raabte et: Hvem *der?* ind i Dagligstuen.

-*Mig*, raabte Tine hojt og lob leende sin Vej; hun var saa vant til Kantonnementslivet nu.

I Gangdoren kom Skovrideren imod hende. Han var altid saa bange for Ild og Lys med de mange Mennesker, og han kom fra en Vandring rundt om sine Lader.

De stod et Ojeblik sammen paa Trappen. Natten var mork, saa de kun som Skygger saa Gaardens Laenger, og alting var stille; kun et Kreatur skrabede i sin Baas. Saa lod der ligesom en Puslen henne ved Bryggersets Dor.

-Hvad er det? spurgte Berg, som foer han let sammen.

-Aa, det er vel Borgestuedoren, svarte Tine og blev med et—for et Ojeblik—forvirret. Det altid ligesom puslede, ud og ind, hen paa Aftenen, henne i Bryggerset, hvor Maren havde sit Paulun.

De stod et Ojeblik endnu tause i det dybe Morke.

-Godnat, sagde Berg saa og rakte frem efter hendes Haand.

-Godnat.

Tine gik ind, hun sad paa sin Seng endnu, da det rorte ved hendes Dor.

-Tine, det var Skovriderens Stemme—nu har De taget Deres Madrats igen og lagt ind til mig ...

Tine foer op: Nej, sagde hun, vist ej!

-Ja, lod Stemmen blodt, og det er alt for meget—alt for meget ... Tak.

Hun horte hans Trin fjaerne sig, mens hun sad igen paa Sengekanten; hun havde faaet Taarer i Ojnene. Saa klaedte hun sig af og gik i Seng, langsomt og stille.

Det var saa godt og trygt, naar Skovrideren var hjemme. Andre Aftener, naar han var ude, kunde hun saa tidt blive bange, saa dumt bange mellem alle de mange Mennesker, som sov og drog Aande her oppe og nede; det var, som om Huset selv blev levende, syntes hun, det dode Hus.

Og Skovrideren, han var "derude", og man vidste ingenting.

Men nu var det trygt, iaften var her stille og trygt ...

Tine laa og smilte. Hun taenkte paa Brevet og paa Herlufs "Hils" og paa Skovrideren, som han havde siddet *der* ved Skorstenen.

Ja, at det var blevet saadan: nu var hun da slet ikke mere bange for Skovrideren.

... Der listede En paa Sokker gennem Borgestue-gangen. Det var Maren.

Saa blev der ganske tyst i Huset.

* * * * *

Tine foer ud af Sengen, ud paa Gulvet, ud i Kokkenet paa bare Ben, som hun var.

Det forste Horn havde hun hort i Sovne og var faret op.

Jo—det var—det var Allarm....

Alle kom op, oppe og nede. De lob allerede i Storm over Gaarden. Tine fandt intet Lys, fik Klaederne om sig, raabte ud i Gangen:

-Sofie, Sofie.

Skridt lod inde og ude. Stemmer allevegne. Tine raabte igen:

-Sofie, Sofie, og gik tilbage. Hun fik taendt et Lys, som Traekken slukte.

I Gangen lob Officerer forbi i Morket. Oppasserne foer gennem Stuerne med flagrende Lys. Midt paa Gulvet stod Lovenhjelm; bleg og raadlos knappede han Uniformen til og knappede den op igen.

-Tine, Tine, raabte Berg, der kom fra Kokkenet: Saet Lys i Vinduerne. Rask rask!

-Ja, ja, svarte Tine, ja....

-*Bliver det?* spurgte hun sagte Berg, der var stanset et Nu.

-*Maaske!* Og han gik.

Signalerne lod bag Laenget, allevegne. Hestene blev fort ud i Gaarden nu.

Tine taendte Lys paa Lys. Officerer og Soldater lob i Gaarden blege, forbi Skaeret. Ovenpaa horte man endnu Stemmer gennem de kladrende Dore—i Gaarden lod Majorens Kommando, som Blaesten tog.

Og Baronen skreg paa en Vogn.

Korrespondenten lob forvirret frem og tilbage og klaedte sig paa midt i Stuen, trippede op og ned og gned Haenderne, mens han sagde:

-Det bliver alvorligt, det bliver alvorligt.

-Tror De? spurgte Tine angst og vendte sig fra Lysene.

-Ja, alle venter, at det skal gaa los, blev Bladsjaelen ved og kom ikke i Vesten for Trippen.

-Tine, Farvel, sagde Berg pludselig bag hendes Ryg og tog hendes Haand, et Nu, saa fast.

Tine saa kun paa ham; saa fulgte hun ham, til han var ude. Huset var tomt. Man horte kun deres Trin, der ilsomt drog bort ad Alleen....

Sofie kom ind med et Lys, i Nattroje.

Hun sagde:

-At de skal lad' deres Liv—at de skal lad' deres Liv, og gik omkring og graed fra Gangen til Stuen.

Tine horte hende ikke. Hun lob ud i Gaarden, ind i Haven. Hun havde aldrig vaeret saa angst. Hun foer i Morket paa et Trae, ind i et Busket, men hun blev ved med at lobe—op paa Hojen.

Kun som en stor Skygge saa hun Kolonnen, der paa Vejen drog forbi.

Hun stod laenge; hun vilde skelne *et* Ansigt, men saa intet. Taus gik den lange, ukendte Skygge forbi—forbi og forbi, ud i Morket, hvor Trinene dode.

Saa gik Tine ned og ind. Lysene braendte bag Ruderne endnu; Traekken stod ind gennem alle Dore. Foran de forladte og uredte Senge stod et Par flakkende Praase.

Ude i Kokkenet havde Sofie sat sig paa Blokken, hvor hun nikkede; og i Borgestuen laa Maren paa Slagbaenken, oppustet, sovende, saa lang hun var, ved Siden af sit Lys.

Tine havde ingen Ro og kunde ikke sove. Hun slukkede Vindueslysene og vilde forsoge at skrive—paa Brevet til Fru Berg, som hun havde liggende.

Men hun skrev ikke; laeste kun det Skrevne, bojet under Lampen: Ja—det var om Skovrideren alt, hver Saetning—*alt.*

Og pludselig lod hun Brevet ligge, slap det og gik ind, ind i Havestuen i Morket. Der lagde hun Hovedet ned mod det kolde Marmorbord og graed ...

Dagen meldte sig med sit forste Skaer. Graa listede Morgenen sig frem over de uredte Senge og det vansirede og forladte Hus. Dorene stode aabne endnu og klaprede oppe og nede.

Men Tine rejste sig ikke. Stille sad hun i den graa Dag.

Ude horte hun igen Horns Signaler, som Stormen sonderdelte, saa de lod som Fugles Skrig.

Saa pludselig smilte hun: hun taenkte paa hans "Farvel".

* * * * *

Den Dag op paa Formiddagen begyndte Kanonaden fra Broager.

IV.

Roen var brudt.

Kanonerne god deres dybe, forfaerdende Lyd hen i den bolgende Luft, Time paa Time, mens Vejen genlod—bestandig —af Marcherendes Trin, Ordonnantserne jog og foer paa halvdode Heste: to Gange var der blaest Allarm i et Dogn.

Alle Laenger i Skovridergaarden sitrede nu og da—Gulv og Vaegge—som var de febersyge Levende.

Alt det Daglige blev gjort. Mad sat ind og Mad taget ud. Tropper kom og Tropper gik.

Det var Aften. Tine vidste vel knap, at hun uvilkaarlig blev og blev i Stuerne, gik rundt fra Gruppe til Gruppe og *horte* kun uden at kunne rive sig los: hun *maatte* blive der, hun *maatte* hore.

Stoj var der i Stuerne. Officererne talte hojrostet, naesten glad: -Femhundrede Granater var der faldet, raabte En.

Der var andre, som mente syv. Og paa Vaerkerne var der dog ikke gjort Skade.

-Ikke for Krudtets Vaerdi, sagde en Adjudant.

Ved Kakkelovnen stod den storste Flok. Der var en Kaptajn med Napoleonsskaeg og Pibe, som sagde:

-Sekondlieutenant Appel er saaret.

-Saa?—Han, den Nye?

-Ja, svarte han med Piben. Og en anden, der varmede sig paa Bagen, lagde til:

-De ved, den tynde blonde.

Midt paa Gulvet stod en anden Flok. Det var mest helt unge Lieutenanter, som bed i smaa Overskaeg og diskuterede Begivenhederne i saerdeles fagmaessige Udtryk.

Tine gik dem forbi.

Ved Bogskabet talte de om et Blokhus, der var spraengt.

Tredive Mand var blevet som knust og mast af Bjaelker og Splinter.

Tine stod hos og horte laenge.

-Hvor *De* er bleg, Jomfru Bolling, sagde muntert en Kaptajn, der vendte sig og loste sig ud af Gruppen.

-Synes Kaptajnen? sagde Tine og blev kun ved at hore:
Fyrretyve Dode, paastod En, at der var.

Tine levede kun i en Tanke.

-Og de skyder endnu—de skyder endnu....

Tilsidst rev hun sig los og gik ud: der maatte jo Toddyvand paa, og der skulde redes til Natten, paa alle Sofaer.

I Gangen drev en Lieutenant paa en Kuffert under Lampen, der oste. Han talte til hende og fortalte: han havde just ligget i Fronten—ved Blokhuset. Tine blev staaende og horte ikke en Stavelse af hvad han sagde. Med et sagde hun kun, daempet, og saa paa ham:

-*Var det saa forfaerdeligt?*

Lieutenanten blev ved at fortaelle—i Virkeligheden havde han ligget i Nr. 10, hvor der i Dognets Lob var faldet to Granater—:

-Hedt var'et, sagde han, men man vaenner sig jo til Ilden.

Han strakte Benene frem for sig og foer fort med Snakken, mens han, som i Tanker, forte Tines slappe Haand ind mod sit Knae.

-*Saa* De de Dode? spurgte Tine kun og flyttede sig ikke.

Saa kom der nogen fra Gaestevaerelset, og Lieutenanten stille bandte.

Tine gik og hun fik Vandet paa og bragte det ind og fik alle Sofaer redt; hun blev spurgt og gav Svar.

Sofie var til ingenting. Hun sad bare, indbunden, Dagen lang rundt i Krogene og jamrede.

Nu var hun krobet ind til Tine i Kammeret.

-En gaar jo ikke mer sikker paa Jorden, sad hun og jamrede under Kanonernes Stoj. Det kommer over os all' ... for vi ved'et ... for vi ved'et, gentog hun med stigende Stemme: En er ikke sikker paa Jorden.

Tine sad ved Ovnen. Det var hende som Kanonernes Dron blot voksede gennem Natten.

Sofie blev ved at tale i en graedende, bestandig stigende og atter synkende Tone: om Skovrideren og om "al den Elendighed" og Maren, der "ikke vidst' hvor hun vild' slaeng' sig hen til hvert et Par Bukser".

-Nae hun ved ikke, sagde hun; og hun talte igen om Fruen:

-Saa hun ser ejegod ud; hun saa op paa Fru Bergs Portraet, der hang over Sengen, og Tine fulgte Sofies Blik.

-*Der* sitter hun, klynkede Pigen, og ser saa hjertensglad ud ... Og En ved ikke (Sofies Stemme steg) hva' der ka' vaer' sket, og hvem der ka' ha' draget sit sidste Suk.

Sofie begyndte at graede hojlydt:

-Som det ligner, blev hun ved, som det ligner—just som hun gik og stod ... herind' om Dagene.

Tine tog Billedet og betragtede det laenge:

-Ja, det ligner, sagde hun og holdt Billedet, fast, som foldede hun Haenderne derover. Taarerne sprang frem af hendes Ojne—for forste Gang i disse Dogn.

Rundt i Huset brod Officererne op og gik til Ro. Tine tog Sjalet om sig. Hun gik Skovriderens Runde nu, naar han ikke var hjemme. Det var dog tryggere for ham, naar han vidste det, at hun passede paa.

I Gangen sad Lieutenanten og drev endnu.

Tine gik med Lygten rundt om alle Laenger. Inde var der stille allevegne. Men i Jorden gav det smaa Ryk under Kanonernes Lyd. Ved Leddet kom en Skikkelse imod hende. Det var Lieutenanten fra Gangen, som iaften fandt det formaalstjenligt ogsaa at gaa "Runde".

Men han "bojede af", da han saa Tines Ansigt saa blegt og stivt, ved Lygten.

Tine gik gennem Bryggerset. Midt paa Gulvet braendte et flakkende Lys, som Maren nu igen var lobet fra.

Inde i Kammeret klaedte Tine sig langsomt af. Da hun laa i Sengen, taenkte hun pludselig:

-Men Appel er jo saaret,—og havde glemt det igen.

Ruderne dirrede svagt. Ude i Stalden stod Kreaturerne vaagne.

Nu og da brolte de, dumpt, som mod Uvejr.

* * * * *

Det var Bombardementets tredje Dag, og Bergs Regiment var ikke vendt tilbage.

I den sene Nat var der allarmeret igen. Time paa Time var de rykkede forbi, alle Regimenter var ude.

Baronen var faret tilvogns ved det forste Gry.

Nu var der ikke en Gang Stoj i det store, tomme Hus, og ingen Faerden laenger. Tine holdt det ikke ud, hun gik hjem.

Der tog Madam Bolling Tiden iagt og havde alle sine Gulvspande fremme. To Husmandskoner skurede med Sand og de bare Haender. Tine tog i med—med opbundet Skort.

-Men, hvad nytter det, min Pige. sagde Madam Bolling, der saebede Karme med sine gamle Haender, Snavset kommer jo ind ad alle Spraekker—Smudset kommer ind over alle Dortrin.

Madam Bolling saa ud paa Pladsens dybe AElte:

-Og det bliver kun vaerre og vaerre, sagde hun og tog fat pa Afsaebningen igen.

-Ja, Mo'er, ja, sagde Tine blot,—saa haardt hun tog i med Dorkarmene —naar der blev en Pause i Moderens rigelige Snakken.

Ovre i Krodoren var Tinka kommen frem mellem Sojlerne:

-De ta'er nok det vaerste, raabte hun over Pladsen. Nej—og hun lo og slog med Nakken; Tinka havde faaet saa mange raske Slag og Kast med Hovedet, naar hun talte, som skulde hun paa en Gang have travlt med at holde Medlemmer af Lieutenantsklassen i Aande paa alle fire Verdens Kanter—vi la'er Skidtet gro!

Tinka satte i Lob ned ad Krogyden, saa Snavset det stod om hende.

Op ad Formiddagen begyndte Kanonernes Dron. Saadan havde de endnu ikke raset for. Ruderne, Madam Bolling polerte, dirrede i hendes Haender.

-Aa—Herregud for Jammer—aa Herregud for Jammer, sagde hun, mens Haenderne gik hen over de rystende Ruder.

Tine lod Karmene vaere, bleg og stirrende sad hun hen paa en Stol.

Ude ved Skorstenen skaendtes Husmandskonerne uforstyrrede om det kogende Vand.

De var faerdige, og Madam Bolling vilde folge Tine. Hun vilde se, hvordan det stod til dernede. Plads og Vej var kun det drivende AElte. Madam Balling loftede Skorter og vidste ikke, hvor hun skulde saette sine Ben.

-Tine, Tine, kaldte hun gennem Stojen og saa om efter Datteren, der hele Tiden blev tilbage.

Var det da ikke, som gik Tine rent i Sovne ... og mager var hun bleven—rigtig mager blev hun:

-Aa—ja, aa ja, en Jammer, sukkede Madam Bolling og gik videre. Gennem Stuerne dernede drog hun paa Sokker. Vi skal vel ikke bringe Snavset ind, sagde hun: Her er nok—her er nok.

Madam Bolling sukkede over baade Gulv og Lofter. Og Moblerne havde faaet Skub og Vaeggene Stod og ingenting saa stod det, hvor det skulde:

-Aa—Herregud—aa Herregud—klagede Madam Bolling ved al den Odelaeggelse. Hun talte om "det dejlige Hus", hvordan det for havde vaeret:

Og—se nu, og se nu! Madam Bolling stansede og begyndte at graede.

-*Der* stod hendes Sybord, sagde hun og gik igen.

Hun gik videre ind over de rystende Gulve: Skade var der sket i hver en Krog.

-Men, Tine, du maa osse "agte" det, sagde Madam Bolling lidt heftigt.

-Ja, Moer, ja, sagde Tine.

Hun saa det jo nok, hvordan Snavset groede i alle Husets Kroge, og alt blev slidt og forfaldt og dog gjorde hun ingenting ... Hun kunde jo ikke overkomme det.

Madam Bolling blev ved at gaa og halvskaende:

Noget kunde man gore for at holde sammen paa Tingene.

-Og du maa holde Pigerne til, sagde hun.

-Ja, Mo'er, ja.

-Men alting—og pludselig slog Tines Stemme over og det var, som skulde hun hulke—er ogsaa ude af Gaenge.

-Ja, ja, min Pige, sagde Madam Bolling sagte, og hun begyndte selv at graede igen, mens hun klappede Datterens Haender.

... Madam Bolling var gaaet over Gaarden til Leddet.

Traet satte Tine sig paa Blokken ved Skorstenen: De *andre* talte og *hun* horte ikke, *de* gik om hende og *hun* sansede dem ikke, for hun havde kun en Tanke, Naetter og Dage, blot en Tanke, der skar gennem tusinde:

-*Naar de bringer ham blodig—saaret og blodig.*

* * * * *

Da Madam Bolling var ude af Leddet, gik hun hen ad Markvejen. Hun vilde ud til Per Erik's—det var saa meget kleint med ham paa det sidste; og ingen fik jo Stunder til at haege om en syg Stakkel nu.

Men oppe paa Markhojen saa hun pludselig Bolling, helt oppe paa Kammen, ved Siden af Lars Avlskarl med Ploven.

-Men at Bolling var klavret derop,—Madammen satte naesten i Lob op over Plojelandet—: Var det et Sted—i Vind og Vejr—for den syge Mand, elendig som han var.

-Bolling, Bolling. raabte Madammen.

Men hun horte ikke mer—ikke sin egen Rost. For hvert Sekund, mens hun lob op imod Bolling paa Bakken, steg Kanonernes Dron. Nu naaede hun Toppen.

Som et uhyre Taeppe, gennemboret af Batteriernes Glimt, laa den vaeltende Rog ud over Landet. Og foran den stod, fra Landets Bund, maegtige Sojler af sort Os, omvundne med Flammer, som vaeldige Stotter op imod Himlen—Huse og Byer, der braendte til Grunden.

Madam Bolling talte ikke. Forfaerdet begyndte hun at ryste og forte, som vilde hun bede, stum og angstfuld, de foldede Haender op og ned.

Bolling havde set hende. Men han rorte sig ikke.

Han tog kun sin Stok og forte den i sin rystende Haand pegende rundt fra Sojle til Sojle og talte med sit svaere Maele:

-Det er Ransgaarde.

-Det er Staugaarde.

-Det er Dybbol

Madam Bolling kunde ikke tale. Heller ikke graed hun—blev kun ved at bevaege de foldede Haender hjaelpelost op og ned.

-Det er Dybbol, sagde Bolling igen.

-Du maa ikke staa her, sagde Madam Bolling saa og *rev* ham med sig, lobende med den Syge ned over Plojelandet, baerende ham halvt:

-Du maa ikke staa der.

Det var som Kanonernes Dron sagtnede nu. Bolling gik mimrende, med det rokkende Hoved. Og stottende Manden, selv lammet, fandt Madammen ingen Ord i sin forfaerdede Hjaerne og sagde kun som Tine for—to Gange:

-Ja, alting er ude af Gaenge.

Oppe paa Hojdekammen vendte Lars Avlskarl sine Dyr.

* * * * *

Tine havde rejst sig fra Blokken. Hun gik op ad Trappen og ind i det gamle Sovekammer—*der* var Snavset vaerst.

Men hun fik slet ikke begyndt paa at rydde til Side; orkeslos sad hun kun paa Fruens gamle Seng og stirrede paa de tomme Puder.

Der kom en Vogn i Gaarden. Hun kendte Baronens og Hojaervaerdighedens Stemmer.

De gik ind.

Baronen kom fra Sonderborg. Han var i Ekstase, i ren Ekstase over sine Englaendere.

-De lob frem. Deres Hojaervaerdighed, foran Skanserne, midt i Kugleregnen—de ligefrem *soger* Doden, sagde han.

Baronen var helt ude af sig selv.

Men Hojaervaerdigheden interesserede sig mindre for Englaenderne. Han talte kun om Sonderborg, om Bombardementet. Han var oprort, indigneret, han fortabte sig i ophidsede Ord:

-Det er en Kraenkelse af Folkeretten—en aaben By—det er en Forhaanelse af Aarhundredet.

Tine horte hans brede og befalende Stemme, der forbitret lod op med Kanonerne, helt op til hende i Sovekamret:

-Men vi vil ikke blive Svar skyldige. Vi vil svare—sagde han, og han maalte Gulvet—vi er vel Herrer paa Havet. Vi vil tage Repressalier ... Vor Regering vil handle....

Han blev ved, talende hojere og hojere, udstodende sine Trusler mod alle Ostersoens Byer, mod hvert Handelsskib, mod alt hvad der kunde vaere Prise—maalende Gulvet, mens Kanonerne ligesom svarede med deres dumpe Dron.

-Og Europa vil ikke se derpaa. Maalet er fuldt. Det er Draaben—det er Draaben—Europa vil rejse sig—vaer vis derpaa....

Og han stansede pludselig i sin Gang foran Baronen og sagde:

-Hvad si'er Deres Englaendere?

Baronen fortalte om de to Gentlemens Raseri og gentog alle de to Skindklaedtes Eder. Og Hans Hojaervaerdighed nikkede stille, staaende midt i Stuen, seende ud for sig, som saa han allerede for sine Ojne alle disse Skarer, der brod frem fra alle Verdensdelens Hjorner:

-Ja, sagde han. Frihedsfolkene vil rejse sig, Liberalismen vil flokkes om os.

Baronen talte med, om Overkommandoen og Forsvaret, faegtende med sin ene Arm.

-Man kunde ikke holde Kritik tilbage, sagde han—der skete intet Naar *de* ikke turde, burde *vi* laert dem Energi. Det var Offensiven, det gjaldt.

-Men der er intet Initiativ, sagde Baronen. Hvad gor vi? hvad gor vi?—og Baronen udspilede som fem Sporgsmaalstegn sine fem Fingre: Ja, vi *staar* der. Vi venter paa at lade os *skyde*—det er vor Krigsforelse—hvor det var Offensiven, det gjaldt.

Baronen havde ikke mere Vejr; han maatte tie.

-Ja, sagde Hojaervaerdigheden, det er ikke Regeringen, hvem der her fattes Energi; *det er ikke i Kobenhavn, man mangler Mod*. Men, tilfojede Hojaervaerdigheden skarpt, det er sandt:

Regeringen har regnet med en anden Haer....

Tine horte Gangdoren slaa op og i, og Sofie lob gennem Gangen og raabte:

-De kommer, de kommer!

-*Hvem*? skreg Tine fra Trappen.

-Det er de Saaret', der kommer, hylte Sofie, der lob frem og tilbage. Aa Herre Gud, aa Herre Gud—det er de Saaret', der kommer.—Sikket Tog—sikket Tog!

-*Hvor? hvor?* raabte Tine—hun var nede—og tog i hende.

-Aa Herre Gud, aa Herre Gud, jamrede Sofie kun: hvis Skovrideren var saaret, hvis Skovrideren var saaret—saa var Herluf (og hun tog en hoj Klagetone) *faderlos*....

Tine horte ikke mer. Hun lob ned ad Trappen, ud ad Vejen, bag hende skreg Baronen i Gaarden.

Men Tine blev ved at lobe, henad Sonderborgvejen, forbi Ordonnantser, Bispens Karet, frem ad Vejen. Men da hun horte Vognenes tunge Slaeb paa Bakken—*de* Vognes—blev hun staaende, ved Anders Taekkemands Hus: herude paa Vejen kunde hun ikke se dem—her kunde hun ikke staa.

Hun vendte sig og gik ind.

-Det er de Saarede, sagde hun blot.

Ane rejste sig med sine to paa Armen. Ja, *de* skal vel til Horup Hav, sagde hun langsomt og fik Slagbaenken vidsket af—til Saede—med sit Forklaede.

-Ja, nu har *de* sat Forligheden til sagde Kroblingen, der sad ved Ovnen bag Tine.

Tine vendte sig hastig mod Svogren og saa angst paa ham: hans Ansigt, der var underlig fortrukket som en Dvaergs og de to Benstumper, der hang ned fra Saedet som to Byldter.

-Aa-a, Gud, ja, stonnede hun sagte og sank ned paa Baenken.

De horte Vognene komme naermere, som svaere Fragtlaes lod det taet i Vejen. Kroblingen satte med sine Krykker over Gulvet til Vinduet.

-Der er de, sagde Han: Se, Kuskene—de gaar.

Tine loftede Hovedet, bleg uden en Blodsdraabe: de laadne

Heste trak den forste Vogn forbi. Hun rejste sig. Vinduernes
Gyldenlakker rev hun til Side. Hun syntes kun, hun saa nogle
hvide Ansigter gennem et flimrende Rodt—hvide Ansigter ... af
Fremmede, endnu af Fremmede.

Sagte Jamren lod der. Nysgerrig var Kroblingen hoppet ud til
sin Sten ved Vejen.

Tine blev ved at staa—med Gyldenlakkerne i sine Fingre: aa,
den Jamren, der lod. Og der rullede Vogn paa Vogn forbi.

Ane kom frem bag hende med de to paa Armen:

-Ja, ja—aa, ja—de faar deres Kors nu; de vil faa deres Kors nu!
Ih, nej, ih—nej, se. Herre Gud, se, saa Blodet dripper....

Tine saa dem—Vogn paa Vogn.

Ane stod bag og talte om Svogren; hun vilde jo lade ham kore
med varmt Ol nu—det var svaert saa det gav at kore med varmt
Ol nu.

-Og saa saa'n Krovling, sagde Ane, han sku' vel faa Afsaetning
da.

-Ih nej, ih nej—ih nej, Herregud—Ane lob hen til det andet
Vindue—*det* er de Haardtsaaret'—de er daekket te'....

Tine var der ikke mer. Hun stodte til Kroblingen paa Vejen, hun
saa intet mer. Hun vidste vel knap, hun gik hen til den daekkede
Vogn og hun sagde til Kusken: Vi kan laegge dem bedre, lad os
laegge dem bedre—blot for at lofte Kapperne og se dem, et
efter et, de graablege Ansigter.

-Det er vel mestendels nok et og det samme, hvordan *de* ligger,
sagde Kusken sindig.

Tine slap sit Tag i Vognen—hun fulgte Toget uden Med, mens
Taarerne lob ned ad hendes Kinder.

Hun horte de skrattende Englaendere bag sig. Og hun fo'er
sammen med et Gys, da de strog hende forbi. De lob omkring og
de stansede Vognene for at trykke de Saaredes Haender og de
kiggede de sagte Stonnende ind i Ansigtet og blev ved at sige:

-De tapre Folk, de tapre Gutter.

Som langt borte saa Tine paa Skovriderhavens Hoj
Hojaervaerdigheden ved Siden af Baronen. Her stansede Toget

helt—saadan parlamenterede Englaenderne med den
Enarmede—og en lang Stonnen lod fra Vogn til Vogn ved det
pludselige Ryk; mens Hojaervaerdigheden sagde, idet han
loftede sin store Haand:

-Ja—de Tapre har givet deres Blod for Faedrelandet.

Og Vognene begyndte at gaa igen og Tine mekanisk med, da
Baronen raabte ned over Vejen:

-Jomfru Bolling, fra Lieutenant Berg er der Bud, at han er rask
og hel ... Mr. Arboun har bragt det.

Tine var stanset; hun begreb ikke strax. Saa forte hun Haanden
hen over Ojnene, langsomt, og blev staaende. Det var, som om
hun pludselig saa—saa de Saarede og de pjaltede Kuske og de
vanrogtede Dyr—og hun smilede.

Og hastigt—bestandig smilende—gik hun frem til den
naermeste Vogn: en Haardtsaaret stonnede svagt, laenet til
dens Fjael; og, folgende med Vognen, loftede hun ham op og gav
ham, mildt, Stotte i sin Arm.

-Er *det* bedre? spurgte hun.

-Ja, hviskede han og smilte.

Tine blev ved at gaa, holdende ham i sin Arm.

-Men hvor jeg torster, sagde den Syge.

-Vand er til at faa, sagde Tine—som talte hun til den gigtsyge
Per Eriks—og lagde ham varsomt ned. Hun lob langs Hegnet
hen til Jens Husmands Sted og fik Vand i en Kande og et Krus—
hvor hun lob.

-Hjalp *det*? spurgte hun. Hun holdt allerede den Saarede op i
Armen igen og tog med den anden Haand det tomte Krus.

-Ja—Tak.

Den Saarede slog de matte Ojne op: Men til de andre, sagde han
ganske sagte.

-Ja, ja, sagde Tine, der fik Taarer i Ojnene. Hun lagde ham ned
igen og gik frem langs Vognene. Og mens hun smilte til
Staklerne, ind i deres Ansigter, og rettede paa deres Halm og
talte til dem, skaenkede hun og rakte dem Vand, en efter en.
Hun lob helt frem forbi Vognene, op forbi Krolaengen, og raabte

hojt ind mellem Sojlerne med sin klare Stemme:

-Vand og Glas herud, Tinka! Vand og Glas!

Tinka lob ud, og alle Kroens Piger kom i Trit. Af Spande oste de Vand i Glas og Kopper.

Tine "rettede" og Tine hjalp. Madam Bolling kom ogsaa ned, med Saft og Vand i et Par Skaaler.

Tinka og Pigerne maatte vende sig bort—nu og da—naar de Saarede takkende trykkede deres Haender.

Langsomt drog saa Toget frem over Pladsen; laedskede for en Stund, sad og laa de Saarede roligt.

Madam Bolling var igen gaaet op. Hun stod ved Siden af Bolling i det aabne Vindu. De unge Liv—de unge Liv, sagde hun og fulgte med Ojnene den sidste Vogn, som langsomt bojede bort.

Tine stod midt paa Pladsen ved de tomme Spande. Saa saa hun Foraeldrene—de to Gamle—staa deroppe i det samme Vindu. Og hurtigt slap hun alting og gik ind.

Hun vilde ikke sove i Skovridergaarden inat. Hun vilde blive herhjemme og vaere her en Aften igen og sove paa Sofaen—det var ingen Ulejlighed. Bolling sad med hendes Haender i sine i den gamle Krog. Han var saa glad, som havde han faaet sin Datter hjem fra en lang Rejse.

Det begyndte at morkne, og Tine tog et Sjal om sig og satte sig ud paa Baenken paa Trappen. Kanonernes sidste Larm var dod hen og Alt var blevet tyst—stille som en Husvalelse. Kun fra Smedjen lod den vante og hjemlige Hamren.

Saa horte ogsaa den op; Drengen fik lukket og staengt, og Smeden kom hen over Pladsen med sin Hund.

-Saa holdt de da inde en Gang. sagde han og hilste op til Tine.

-Ja, svarte hun.

-Og Guds Fred over dem, der er gaaet hen, sagde Smeden langsomt.

-Godnat, Jomfru.

-Godnat, Knud Smed.

Smeden gik videre ned ad Krogyden, med sin Hund. Tine blev siddende. Stille ragede Hegnenes Pil op i den morknende Luft.

... De havde drukket The. Bolling var kommen til Ro i sin Stol og Madammen var ilag med at strikke Hael. Tine sad nede paa Forhojningen, med Haenderne i sit Skod.

Madam Bolling talte om "dem derovre"—Fruen og lille Herluf.

-Ja, hvad maa hun lide—at sidde *der* og vide ingenting—ja, hvad maa hun lide.

-Ja, sagde Tine langt og mildt.

Hun laenede Hovedet tilbage mod den gamle Kommode mellem Vinduerne og hun begyndte halvt at nynne, halvt at synge— Sangen om "Lille Grete":

Ak, kaereste Hr. Guldsmed, jeg har kun Sorg og Savn, min Grete rejser fra mig idag til Kjobenhavn. Nu vil jeg gerne be'e ham, min gode Mester Wiig, at gore mig en Guldring og skrive indeni. Farvel, farvel, lille Grete!

Madam Bolling nynnede Omkvaedet med over sin Hael.

-Ja—saa hun sang den kont, sagde hun, da Sangen var forbi.

Tine sad taus; saa fast havde hun foldet Haenderne i sit Skod.

-Ja, saa skal vi vel til Ro, sagde hun saa og rejste sig og kyssede sin Fader.

* * * * *

Tine var hjemme paa Skolen endnu, da Tropperne kom Klokken seks. Hun gik og blev ved at hjaelpe med *det* og med *det*.

-Men, Tine, dernede er Huset fuldt, sagde Madam Bolling—*hun* havde saamaen ogsaa Huset fuldt—: Og her gaar det nok, her gaar det nok! ... Hun vilde have Tine derned.

-Ja, Mo'er, ja, sagde Tine, som puslede om Bolling—han var snavs igen.

-Ja, Mo'er, ja, nu gaar jeg.

-Saa farvel Fa'er, sagde hun og tog ham om Hovedet—der var noget eget mildt og stille over Tine—: Farvel.

-Farvel da Mo'er, sagde hun i Kokkenet og lob.

Hun gik over Gaerdet og ind gennem Bryggerset dernede. Sofie modte hun i Gangen; hun gik og bragte Mad ind:

-Aa Gud, at se Skovrideren igen—saa frisk og sund—den Glaed' at se ham—Sofie glemte Maden af Rorelse—aa Gud, om Fruen kun' se ham, saa frisk og sund han er.

-*Er* han? sagde Tine blot og smilte.

Sofie gik ud og ind og serverede; i Kokkenet snoftede hun: Saa
Skovrideren er kon—det er Herlufs Ojn'—det er Herlufs Ojn',
blev hun ved. Men Lovenhjelm—og hun smilte pludselig—han
har li'egodt en flot Figur.

-At taenk' sig, de kommer der fra Dodens Mark, just direkt' fra
Dodens Mark og er i god Behold—Sofie gik ind og kom ud—:

-Jo, Lovenhjelm, han har en flot Figur, erklaerede hun igen.

Sofie var i det Hele tilbojelig til at anerkende Yndighederne hos
dem, "der kom lig' fra Dod'ens Mark".

Tine lod Sofie snakke, hun talte ikke. Hun gik kun stille og
lavede til—til Maden, og naar Doren blev lukket op, horte hun
nu og da Bergs Stemme.

Nu sad hun i sit Kammer, hvor hun havde lagt i den lille Ovn,
ved Vinduet, da hun horte Bergs Skridt i Haven med en anden—
og *saa* ham, saa rank og staerk.

Han kom hen til Vinduet og sagde: Hvor har *De* gemt Dem? (og
selv havde han dog heller ikke sogt hende). Og da hun aabnede
Vinduet, stod han lidt:

-Har det ikke sunget for Deres Ore? sagde han og blev ved at se
paa hende: *Jeg har taenkt paa Dem.*

Han tog ikke Ojnene fra hende. Paa hans Sporgsmaal svarede
Tine ikke. Hun sagde kun mildt og sagte, mens hun smilte:

-At De er kommen hjem.

Berg kom ind og han satte sig ved Ovnen og talte. Men han
horte knap de Ord, han selv sagde. Han blev kun ved at se paa
hende, som hun sad, staerk og sund og ren—saadan som han
saa hende altid og altid nu—derude i Kulden og Natten og
Dyndet—derude i Skansen.

-Fik De min Hilsen? spurgte han og tog ikke Blikket bort.

-Ja.

Berg vidste ikke, hvorfor han rejste sig saa hurtigt, da det rorte
ved Doren—hurtigt, som havde han siddet Tine alt for naer:
Kom ind.

Det var blot Madam Bolling. Hun "havde dog faaet lagt en Vandkringle, som hun vilde bringe herned"....

-Man maa jo liste sig til det, Skovrider, sagde hun, naar Huset er fuldt og Bolling ... og Bolling er snavs.—Og Tine gaar osse rundt og mister Humoret—jo, du gor Tine—hun gaar helt hjerteangst —man ser det ud af Ojnene—naar de Kanoner broler.

-Men naar kun De er sund, sluttede Madam Bolling og saa op og ned ad Berg med sine gode Ojne. Jeg si'er jo til Bolling: naar kun Skovrideren er sund.

Hun blev ved at se paa ham. Berg tog hendes Haand, lidt hastigt, og gik.

Madam Bolling og Tine gik ud i Kokkenet; *der* stod Kringlen.

Ude i Gaarden gik Berg forbi med en Flok Officerer.

-De holder dog Modet oppe, min Pige, sagde Madam Bolling, der var ved Vinduet og saa efter de gode, ranke Skikkelser.

Tine stod ved Vinduet; hun svarede ikke.

... Lidt efter fulgte hun Madam Bolling paa Vej.

Oppe i Kroens Gaard skreg Madam Henrichsen paa sine flygtede Piger, mens Aftenklokkerne begyndte at ringe.

V.

Paa Pladsen rog Soldaterne deres Piber i Solen. Officererne laa i
aabnede Vinduer baade i Kroen og Skolen.

Tine fik Bolling ned ad Trappen og stottede ham, mens han
orkede ned forbi Laengen.

-Nej, Bolling er snavs, sagde Madam Bolling, der stod og saa
efter dem fra Krodoren—hun var kommen over til Madam
Henrichsen lidt i det milde Vejr.

Madammen stod og blev ved at se efter Manden og Datteren;
hun syntes ikke heller Tine "stod det rigtig ud"; hun sad mest
kun hos Bolling og puslede om ham baade tidlig og silde.

-Hun kommer jo baade Middag og Aften, sagde Madam Bolling,
og kaert er 'et jo, rigtig saa kaert ... aa, hun er jo saa go'e ... at
hun haeger sin Fa'er, for ingen kan laegge Bolling en Pude til
rette som Tine.

-Men "*dernede*" sagde Madam Bolling—hun horte Skovriderens
Stemme over Pladsen, han kom saa tidt og besogte Officererne i
Skolen, nu, om Eftermiddagene—; men "dernede", sagde hun
bekymret, bliver alle Lofter sorte.

Madam Henrichsen svarede ikke; hun havde *sit* Ore efter
Gaestestuen, hvor Tinka lo og glanede.

-Og saa taler hun dog om at ta'e til Lasarettet, sagde Madam
Bolling efter en Stilhed, aa Herregud, at ta'e til Lasarettet, som
om *her* ikke ... aa Gud hjaelpe det ... var Lasaret nok alle Vegne.

Madam Bolling sad og rystede paa Hovedet som En, der ikke
forstod:

-Som om hun behovede at ta'e til Augustenborg for at finde
Syge at passe, sagde hun. Men vi gaar alle om—alle om i dette
her og blir helt sanselose, sagde hun.

-Ja, sagde Madam Henrichsen, der var inde i sin Tankegang og
stadig havde Oret efter Tinka i Gaestestuen; iaar gaar der Skaar
i no'en skore Potter.

-Og jeg si'er det, sagde Madam Bolling, hvis Tanker stadig gik ud og ind og ikke rigtig kunde hitte Rede, jeg si'er hende det: Skovrideren kommer *her*, fordi han ikke finder nogen Hygge dernede....

-Men Tine, sluttede Madam Bolling, er jo blevet saa taus, som var der slaaet en Laas for hendes Mund.

Begge Madammer stod tause og saa hen for sig—inde slog Tinka leende Doren i for Naesen af et Par Lieutenanter.

Ude paa Pladsen begyndte Solen saa smaat at gaa bort. Nogle Artillerister red deres Heste tilvands ved Kaeret i snavsede Trojer. Madam Bolling gik hjem til sit.

Berg sad ved Vinduet naermest Trappen—*der* kunde man se hele Laengen, hvor Bolling, stottet af Tine, blev ved at stotre frem og tilbage i den sidste Sol:

-Ja, *der* kravler han, sagde Madammen, der kom op ad Trappen og fulgte Bergs Blik—: aa, ja han faar dog slikket lidt Sol.

Berg gik ud, ned over Pladsen til Laengen. Ja, her er Lae, Skovrider, her er Lae, sagde Bolling og tog hans Haender i sine. Og Tine stotter mig—Tine hun har Kraefter.

De blev ved at gaa, Berg ved Siden af Bolling. Den Gamle lod ikke den svaere Tunge stanse. Han talte og talte—om "den gamle Tid"

-Nae, nae—det husker De ikke—det var for Deres Tid—det var jo Aaret for Forstraadinden dode—Tine var ikke storre end *saa* —det var det Aar, den nye Krolaenge braendte, du husker, Tine —du havde de hvide Duer, de to hvide Duer, som floj i Ilden— de spiste af Haanden, da du ikke var storre end *saa*....

-Ja, Faer, ja, sagde Tine ligesom tyssende paa ham—hendes runde Arm laa om hans Liv, mens de vendte tilbage over Pladsen.

Men Bolling blev ved—han kunde begynde med hvad det saa var, ved Tine endte det alt. Berg fik Rede paa hendes ganske Liv, naar han sad hos Bolling om Eftermiddagene nu.

-Ja, Tine har Kraefter, sagde han—hun naesten loftede ham op ad Skoletrappen—: hun har Kraefter.

-Hun er vel ikke kon, sagde han og stansede paa Trinet og saa paa hende, men hun er sund, Skovrider, hun er sund.

-Naa, Fa'er, sagde Tine, naa, Fa'er.

-Og *god*, sagde Bolling og tog hende om Haaret.

Ringeren gik over Pladsen, og Soldaterne samlede sig foran Kirkegaardsporten i en stor Klynge. Langsomt begyndte Klokkerne at lyde. Gamle Bolling var stavret ind, paa Trappen stod Berg og Tine alene ved Siden af hinanden.

Paa Pladsen var der stille, nogle af Karlene havde foldet Haenderne under Klokkeklangen. Kun fra Kroen horte man Tinka—hun var som i en evig "Tagfat".

Klokkerne holdt op at ringe. I Smaaklynger begyndte Soldaterne at drive hjem.

-Bliver De her, spurgte Berg, der gik ned ad Trinet, pludselig hastigt.

-Nej ... jeg kommer vel ned....

Der var kommet som en hastig Rodme over begges Ansigter; det kom der let nu, naar de talte med hinanden, ligesom sagtere, noget sky og helst, naar Tredjemand var tilstede.

-*Tak*, sagde Berg kun kort og gik ned, over Pladsen.

Tine var indenom i Kroen for at tage Tinka med, da hun gik.

-Jeg kommer gerne, min Pige, sagde Tinka og tog Sjal paa sig.

-*Krohold* er der jo allevegne, sagde hun: men hos Jer er der lystigst.

-Ja, sagde Sofie, hvem Tine og Tinka traf sammen med en Sergeant i Bryggersdoren: En gaar og ta'er 'en med Ro nu. Skytset ska'er ikke Vaerkerne ... Sofie blev frygtelig smittet med tvivlsomme Vittigheder i Sergeantstuen.

Tinka lo himmelhojt ad Vittigheden og slog sig ned i Tines Kammer.

-Naa, sagde hun, nu sidder da hele Familien Vagt. Der var kommet et nyt Billede op ved Siden af Fru Bergs over Sengen: det var Herluf, der sad paa Skovriderens Knae.

Men Tinka blev ikke laenge i Ro—hun horte, Lovenhjelm var inde hos Tine i Spisekammeret. Den rogede Skinke skulde ned fra Loftet, og Tinka satte op ad Trappen med Lieutenanten i

Haelene.

Tine gik frem og tilbage og lavede til; ind gennem Dorene saa' hun Skovrideren, som sad og skrev ved sin Lampe.

En Officer kaldte til Bords ved i Gangen at dundre paa en gammel Bakke, og Tinka tumlede ned ad Trappen med Skinken og et slukket Lys. Tinka var altid forpustet og hed, naar hun saadan havde hentet noget i Krogene, og rystede sig som en Topand, der kommer af Vandet.

Majoren, der kom ind, kildede i Forbigaaende Tine gammelmandsmaessig ned under Hagen, hans gamle Fingre naaede ikke laenger:

-Det er det blote Als, sagde han, det blote Als—og gik ind til Bordet, mens Tine raabte paa Sofie, der stadig blev i Sergeantlokalet.

-Det er ikke saadan at slippe for de Krigere, sagde hun, da hun endelig kom og gik ind med Maden.

Tinka satte sig med skraevende Ben paa Blokken og pustede: De har 'et jo saa haardt, min Pige, sagde hun til Tine, hun havde maaske en Fornemmelse af, at der kunde tiltraenges en Undskyldning for hendes Tilstand.

Efter Bordet sad Tine og Tinka i Kammeret. Berg kom derind. Forst blev han staaende i Doren, laenge laenet til Karmen og rygende; indtil Tine sagde, med bojet Hoved:

-Men vil Skovrideren dog ikke sidde? og rejste sig op fra Stolen. Men Berg satte sig hurtig, ligeoverfor, paa Kanten af hendes Seng. Bliv De dog siddende, sagde han.

Det var Tinka og ham, der talte—og mest ham. Han fortalte naesten altid om sin Ungdom nu: om da han var paa Skolen og da han blev Lieutenant—om "de forste Aar", "de glade Dage", sagde han.

-Da man folte det raske Hjerte banke, Hr. Skovrider, sagde Tinka og gav sig selv et antageligt Rap til venstre.

Og Berg lo og blev ved at fortaelle.

Tine taug og forte kun ved den lille Lampe stille Traaden ud og ind—lykkelig i Bevidstheden om, at han talte til hende.

Hun rejste sig og hun bragte Maelkepunschen ind og tre Glas;
og de drak, ved det lille Bord, med det hvide filerede Taeppe—
mens Tinka og Berg blev ved at tale.

Hen gennem Huset horte man Lovenhjelms Klaver og Majorens
Stemme.

-At taenke sig, der er saa kort *der* ud, sagde Berg; der havde
vaeret en lille Stilhed:

-Hvor her er Fred, sagde han og saa rundt i det lille Kammer.

-Ja, her er *rart*, sagde Tinka og slog Haenderne mod sit Skort.
Berg rejste sig igen, men blev atter staaende laenge i Doren, for
han gik.

-Nu ka' man da "fatte" ham, sagde Tinka om Berg, da han var
gaaet: De Mandfolk faar Skik paa sig, du, i Krigstid.

-Men Smuds bringer de med sig allevegne, sagde hun og slog til
Sengetaeppet, hvor Skovrideren havde siddet.

Tine tog et Brev fra Fru Berg op af Lommen. Hun laeste dem saa
urolig og flygtig nu, naar de kom, hun ligesom floj bare hen over
hver anden Linje. Hun gik saa rundt med dem i Lommen og
ventede Dage, til hun kunde laese dem "i Ro". Og saa blev det
oftest, naar Tinka var der, at hun med et tog dem op og laeste
dem hojt.

Inde i Dagligstuen begyndte Lieutenant Lovenhjelm at synge.
Man horte Ordene helt herud:

"Hej, Vaegter! Hvor skal Slaget staa?"
   "Oppe paa Hjornet af Aabenraa!"—
   "Ih Gud bevares, skal den Sorg
   ramme det praegtige Pjaltenborg!"
   Julia, Julia, Julia, Julia Hopsasa!

Brevet var mest Sporgsmaal, fulde af Angst, og Talen om
"gamle" Dage med "Husker De?" og "Husker De?" igen.
Tinka sad og vuggede i Hofterne til Lovenhjelms Sang, mens
Tine blev ved at laese det lange Brev—Side efter Side.

-Ja, du, sagde Tinka, da hun sluttede, og tog Vejret det er laenge
siden.

-Ja, sukkede Tine og slap Brevet: Laengesiden.

Nej—hun horte ikke mer Fru Bergs Stemme i Ordene og hun saa ikke hendes Ansigt mellem Linjerne, hvor gerne hun saa vilde. Det var saa langt borte det altsammen. Og der var som ingen Hjaelp nu hos Minderne mer.

Inde i Dagligstuen sang Lovenhjelm og slog i Tasterne til; Tinka kvaedede med, mens hun lo:

Og hvem der nu i Sengen laa, naaede knap at faa Buxer paa, men hvem der stod og sov—Hurra! frelste sit Liv og sit Toj endda. Julia, Julia, Julia, Julia, Hopsasa!

Sangen holdt op.

-*Du*, sagde Tinka og slog ud med Haanden, ind mod Dagligstuen: *Han* er dejlig.

Tine loftede Blikket fra Brevet, som endnu laa foran hende. Hun vidste ikke, at hun laeste og laeste atter og atter de samme Ord deri:

"Hvorfor skriver Henrik saa sjaeldent, og naar han skriver, saa kort og hastigt? Det er, Tine, som om der slet ingenting stod i hans Breve i den sidste Tid."

-Om vi saa fik gjort ved Sengene, sagde hun og satte Punschen bort.

... Hun kom ind i Skovriderens Stue for at rydde op.

Under Lampen i den aabnede Mappe laa Brevet til Fruen endnu —det, han skrev og skrev paa og ikke fik afsted.

-Heller ikke idag havde han faaet det sluttet og bort.

Tine stod ved Lampen, blussende—og lykkelig lukkede hun Mappen.

... Tinka skulde gaa, og Tine vilde Ude Sofie folge hende.

-Nej Tak, min Pige, vi lober Storm i Morke, raabte Tinka og lob.

Ude ved Havehojen sprang Lovenhjelm over Gaerdet for at folge.

... To Gange gik Berg—som i Tanker—rundt om sine Laenger iaften. Natten var stille. Kun en enkelt Gang rullede fjernt et enligt Dron tungt gennem Luften. Fjenden var vaagen.

* * * * *

Alle Veje var fulde af Regimenter, der sang. Svaertede, blege, tyndede vendte Tropperne hjem med Sang.

Kun om de Saaredes lange Tog forstummede Glaeden, mens det sagte rullede frem gennem Landet.

Men Sangen tog paa igen—hojt i den foraarsfriske Luft—mens Folk og Born lob ud fra Gaarde og Huse med bare Hoveder og med svingede Huer:

Nu skal vi nok atter med Projseren slaas, han skal ikke finde os bange; vi har jo dog viist, vi tor byde ham Trods, skont vi vare Faa mod saa Mange. Men heller en Kamp med et aabent Visir, end Raenker i Lon og en Kamp paa Papir. Lidt Torden og Lynild gor Himlen saa klar, den taagede Luft kun paa Kraefterne ta'r! Kommer Tid, kommer Raad, har for ofte vi sagt; nej, kun Krigerens Daad knaekker Tyskerens Magt. Vi vil slaas med Hurra! For vor Konge og vort Land.

Tine stod paa Markhojen og vinkede med sit Sjal. Stormen paa Dybbol var afslaaet.

Huset genlod allerede af Tummel. I Gaarden lob Baronen rundt og trykkede hver Mand i Haanden, mens han spurgte hver Menig:

-Men hvad "folte" De? Hvad "folte" De, min Ven?—og lovede Punsch.

Sofie, der lob stundeslos hid og did og lo til alle, sagde:

-Ja, En maa gor' de Krigere en munter Aften—de har fortjent en munter Aften.

Rundt om i Stuerne kastede Officererne sig paa deres Senge, fuldt paaklaedte og dodtraette, mens de blev ved at tale—fra Stue til Stue, hojt og glad Ude fra Vejen horte man Afdelingerne, der sang.

Berg var gaaet ud i Tines Kammer. *Der* saa hun ham, da hun kom—han sad foran den lille Ovn.

Hendes skinnende Ojne blev fulde af Taarer, og han tog begge hendes Haender.

-Ja, sagde han og beholdt hendes rystende Haand det har vaeret en lykkelig Dag.

Hun taug et Ojeblik, hun kunde ikke tale. Saa sagde hun mildt og sagte:

-Hvor Fruen vil blive glad

Berg stod lidt:

-Hvor De er god, sagde han. Og han slap hendes Haender. Tine vidste ikke, at Taarerne lob ned ad hendes Kinder.

... Baronen var i Kroen for at kobe Rom tit Punschen. Tinka og Jessens Augusta aste selv afsted med Ankeret i to Hanke. Soldaterne, som kogte Suppe udenfor Laengen, hilste dem med et langt Hurra, da de arriverede.

Tinka og Gusta kom, i Kokkenet, med i Arbejde: Piskejern og Slove gik rapt i alle Fade. Gennem Doren i Bryggerset saa man Maren midt i den taetteste Os.

Ude i Gaarden blev Soldaterne ved at synge; Baalene, som de kogte ved, lyste i Morket nu:

Og nu vil jeg slaas som en tapper Soldat, og livet jeg ringe vil agte; lad Tyskeren gore sig helt desperat; jeg skal ham dog mageligt magte. Og naar vi saa modes engang i et Slag, jeg tager i Fyren et ordentligt Tag. Hurra! det vil blive en ypperlig Fest at kaste paa Porten den ubudne Gaest. Kommer Tid, kommer Raad, har for ofte vi sagt; nej, kun Krigerens Daad knaekker Tyskerens Magt Vi vil slaas med Hurra! For vor Konge og vort Land.

-Rask maa det gaa, rask maa det gaa, raabte Tinka, der arbejdede med opsmogede AErmer, saa Piskejernet i Roraegsfadet klang, mens hun satte i med Lovenhjelms Vise:

Og hvem der nu i Sengen laa,
   naaede knap at faa Buxer paa,
   men hvem der stod og sov—Hurra!
   Frelste sit Liv og sit Toj endda.
   Julia, Julia, Julia, Julia, Hopsasa!

Det var ret, det var ret, sagde Sofie, der gik omkring og samlede Tallerkener og satte dem fra sig igen: En maa skaff' dem en munter Aften.

Tine stod i Spisekamret og skar Steg ud; stille og smilende nynnede hun uden at vide det Tinkas Vise med.

Baronen—der ogsaa ventede sine Englaendere, som vilde rejse nu og korte omkring for at sige Farvel—begyndte at brygge Punschen, mens Officererne spiste, og Tinka og Gusta og Sofie bragte Drikken ned i Loen, hvor Lars Avlskarl havde haengt et Par Lygter op under Bjaelkerne.

Soldaternes lange Hurra'er slog ud i Aftenen hver Gang, de fik en ny Forsyning.

Sofie gik rundt og opmuntrede dem med mange Nik.

-Tom bar' Baegern', sagde hun, saa En ser Bunden.

Tre, fire Soldater fik Harmonikaer frem—hver spillede i sin Takt, mens de andre blev ved at synge. Ingen horte Orenlyd; Harmonikaerne slog ind i en Trippedans, og Maren sang til.

Pludselig dansede alle Soldaterne med hinanden, midt i Loen— Fodtrampen hjalp paa Takten—saa Stovet stod op i det gamle Rum under de dinglende Lygter.

Officererne kom ned og saa til i Doren.

En havde budt Sofie op, Marens Kavalerer dansede holdende hende om Halsen.

-En gaar fra Arm til Arm, sagde Sofie, der pustede, saa hun naeppe kunde staa og foer villig afsted med den naeste.

Harmonikaerne hylede og Soldaterne trampede Takt.

-Det var jo en Synd at si' Nej, sagde Sofie til Gusta, hun floj afsted igen.

Ude i Gaarden horte man gennem et aabnet Vindue Lovenhjelms Klaver.

Tine gik og tog ud i Dagligstuen, og Tinka og Gusta kom op og hjalp. Officererne var forst nu som rigtig vaagnede; Dorene stod aabne mellem alle Stuer; Latter og Stoj lod fra Rum til Rum.

Majoren havde Tinka inde i en Krog, hvor hun hvinede af Latter. Ovre fra Loen horte man Folkenes Lystighed.

-Jensen, en Polka, raabte Lovenhjelm og sprang op fra Klaveret. Lieutenant Jensen satte i paa Klaveret, og Lovenhjelm var ude over Gulvet med Tinka. Officererne trak deres Stole tilbage og flyttede ind imod Vaeggen for at give Plads. Gusta kom paa Gulvet—og Tine; de dansede tre Par.

Rundtom blev Officererne ved at samtale. To Kaptajner kom med deres Toddyglas frem i Doren til Havestuen. De talte igen om det attende Regiment, der havde holdt sig saa bravt. Lieutenant Jensen slog over i en Vals, Herrerne skiftede, skiftede igen. Inde fra Bergs Stue nynnede Officererne med. Og midt i Stojen sov inde i Havestuen en udmattet Lieutenant trygt, liggende udstrakt paa sin Seng.

-Saa er det vel os, sagde Berg, der pludselig stod foran Tine. Svimmel saa hun kun hans Ansigt.

-Ja, sagde hun blot, og de begyndte at danse.

Hendes Svimmelhed svandt bort og alting saa hun og horte hun om sig som med hundrede Sanser—og saa dog kun ham, hvis Ojne hvilede paa hendes Ansigt, mens de dansede—laenge. Majoren fortalte Historier igen, og hun horte de to Kaptajners Stemmer. Inde i Bergs Stue blev Officerernes Nynnen til Sang. Og Baronen foer ud og ind. Hans Englaendere var komne i en Vogn.

Berg talte ikke; han saa kun ufravendt og fast paa hendes Ansigt, mens de blev ved at danse og ovre fra Loen de hoje Hurraer lod igen.

Saa stansede Berg—et Nu beholdt han krampagtigt hendes Haender i sine.

Englaenderne var fra Gangen kommet frem i Doren og trykkede Alverden i Haanden:

-Den troskyldige Glaede, den uskyldige Glaede, blev de ved at raabe. Lovenhjelm svingede Gusta over Gulvet.

Tine gik de Fremmede forbi, stille gik hun ud i sit Kammer.

... I Loen var der stille og inde i Stuen holdt Musiken op. Tinka kom ind og satte sig midt i Sengen; et Par Knapper i Kjolelivet fik hun op og pustede, mens hun snakkede og spurgte.

Tine svarede med tankelose "Ja", mens Munden knap stod paa Tinka.

Saa sagde hun med et og tog ikke Ojnene fra det braendende

Lys:

-Tinka—kunde du—kunde du ikke nok se til hernede?

-*Hvor*? spurgte Tinka, som var inde i en helt anden Historie, og lod Armene falde ned paa sine Ben.

-*Her*, sagde Tine i samme stille Tone og uden at tage sine Ojne fra Lyset. Jeg vilde ta'e til Lasarettet. Og endnu sagtere sagde hun: de traenger til Folk derhenne.

Der blev stille lidt. Saa sagde Tinka;

-Ja—hjemmetil kunde der vel nok skaffes et Kvindfolk Hun gav sig til at knappe sit Kjoleliv:

-Ja—saagu', min Pige, sagde hun, Lasarettet ka' kanske vaere *sundere*....

Hun talte i en helt anden Tone, og ogsaa hun saa ind i Lyset.

-Man maa jo "redde sig", sagde hun. For de blir naergaaende. Tinka slog Sjalet om sig med en resolut Bevaegelse, som om hun vaergede sig.

-Godnat, da, sagde hun.

Tine rejste sig, og hun fulgte hende ud gennem Alleen. Alting var stille, og man horte kun et Par Hundes Glam og Tinkas Skridt, der gik bort ad Vejen.

Tine vendte tilbage. Hun traadte hastig ind i Skyggen, da hun kom til Laengen:

-Er det Dem? spurgte Berg, der gik den vante Runde.

-Ja.

Det var, som tovede de begge taet ved hinanden, uimodstaaeligt, Hundrededelen af et Ojeblik.

-Godnat, sagde saa Berg og gik videre.

-Godnat.

Tine gik ind. I Kokkenet begyndte hun at sysle. Hun slog Smorret i Kanderne og samlede Brodet til "Tonden" og lagde Osten i Klaede.

For oppe maatte hun blive—oppe og gaa omkring.

Saa kom hun i Tanker om Tojet, der skulde i Blod ved Daggry. Hun maatte vaekke Sofie og give hende endnu en Besked.

Hun gik ud i Bryggersgangen gennem Borgestuen og aabnede

Doren til Pigekamret.

Den store Dobbeltseng var tom.

Tine kastede sig pludselig paa Knae ned paa Stengulvet, og, med Hovedet boret ned i den snavsede, forkrollede, misbrugte Seng, hulkede hun fortvivlet.

Bryggersdorene klaprede stadigen, hid og did, paa deres villige Haengsler.

* * * * *

Naeste Dag kom der et Par Feltlaeger til Skolen, Der maatte laegges Syge i Skolestuen. Tine maatte indrette alt.

De Syge kom om Eftermiddagen. Det var Saarede, der hidtil havde ligget paa Augustenborg; fra Vognene blev de bragt op ad Trappen i Baarer. Lieutenant Appel var iblandt dem.

Tine vilde ikke have kendt ham igen. De runde Kinder var faldet ind, og Ojnene var maelkede som hos en, der har graedt baade Dage og Naetter. Han var truffen i Siden og Lungen var odelagt.

De seks var alle haardtsaarede, og Transporten havde givet dem Feber. Nu og da horte man deres Stonnen gennem Huset, og Saarenes kvalme Stank stod ud i Gangen.

Tine kom ikke et Minut ud af Skolestuen mer.

-Og alligevel snakker hun om Augustenborg, sagde Madam Bolling, der gik ud og ind, fra Sovekammer til Kokken og talte til Bolling og til sig selv og til Husmandens Petra—for nu var da alting af Led, nu vidste hun ikke, hvad af Ondt der kunde komme mer.

-*Derinde* sidder han og kan knap flytte paa Foden, sagde hun, og ovre har vi *dem* til at gi'e Aanden op—og Huset er fuldt, Huset er fuldt.—Og saa vil Tine rejse. Hun stansede for hundrede Gang foran Husmandens Petra med rystende Hoved.

Det var det, hun ikke forstod, og som hun kredsede om.

-Og Blod torrer de paa min Trappe, sagde hun og begyndte at vandre igen.

Det var Baarerne, der var fulde af gammelt Blod, som Ambulancesoldaterne havde stillet op mod Huset og Trappen.

Selv Munden stansede tilsidst paa Madam Bolling—hun var

helt forknyt og sad rokkende hen ligeoverfor Bolling paa den anden Side af Sengen.

Saa taenkte hun pludselig paa Skovrideren: til ham kunde hun gaa. Han havde da "Magten over Tine"—ja, til ham kunde hun gaa. Og hun lod alting staa og gik—hun vilde strax derned.

Hun tog kun et Sjal over Kappen og gik.

Hun blev ved at snakke med sig selv om Bolling og de Saarede og om Vejen.

-Der er ikke banet Vej, sagde hun, der er ikke banet Vej. Og et Ojeblik efter gentog hun paany:

-Og saa vil Tine rejse ... som om *det* stod i Forbindelse med Vej og Blod paa Trappen og alle Sporgsmaal under Solen.

Berg gik rundt i sin Stue, da Madam Bolling kom.

-Er det Dem? sagde han hurtig og stansede sin Gang.

Madam Bolling begyndte at gore saa mange Undskyldninger, mens hun satte sig, fordi hun "altid skulde plage ham og hver havde nok i Sit"....

-Men det er *det*, at Tine vil ta' bort, brod hun ud. Og hvad *ska'* vi gore?

-Bort? sagde Berg; der kom en egen, besynderlig, lys Klang over det hurtige Ord.

-Ja, til det Lasaret.

Der blev en lille Stilhed, mens Madam Bolling ventede. Men Berg sagde kun i den samme hastige Tone og vendte sig:

-Ja—de traenger til Hjaelp derude.

Madam Bolling saa op, som om hun ikke havde forstaaet ham:

-Traenger? traenger? sagde hun. Hvem? hvem?

-Var'et de Syge? Var'et de Syge?—var Bolling da ikke syg?

Og Madam Bolling begyndte pludselig at tale i en hoj, skaendende, fortvivlet og gennemtraengende Tone, som Berg aldrig havde hort:

-Hvem skulde hjaelpe, naar hun rejste? *hvem*? Var *her* da intet at hjaelpe? her—baade her og der? hvem? *Saa* han da ikke sit eget Hus, sit Hus, der forfaldt? Der var ingen Krog uden Smuds, ingen Vaeg uden Plet—og Fruens, Fruens dejlige Ting blev lagt ode....

Hidsig blev hun ved at tale, pegende paa Gardinerne, der var graa, paa Gulvtaeppet, der sledes bort, paa Bordene, som var stovede—skaeldende foran den blege Berg, som forte de knyttede Haender op og ned foran sit Bryst uden at kunne tale —til hun pludselig brast i Graad:

-Aa, nej, aa, nej, men ingen staar det ud, ingen staar det ud, jamrede hun, mens hun graed.

-Men hun skal jo blive, hun maa jo blive, sagde Berg, blev han ved at sige, forvirret, pint, uden at vide, hvad han selv sagde; for blot at faa dette Menneske til at holde op, der graed, faa stanset den Graad, den ulidelige Graad.

-Hun maa jo blive hos ham, sagde han; det er klart.

Han gik op og ned, op og ned.

-Og der er jo ingen Grund til at rejse, sagde han tilsidst.

Det var, som Berg selv folte en pludselig Ro, efter mange Timers stumme Hidselse, ved sine egne Ord.

-Nej, det har jeg jo sagt, det har jeg jo sagt ... Ogsaa Madam Bolling blev paa en Gang roligere og begyndte at torre sine Ojne; og, ligesom undskyldende sig paany, sagde hun:

-Aa—ja—se, man gor jo meget af lidt, meget af lidt, Skovrider.... Men, hvem har sine Sanser—hvem har sine rigtige Sanser?

-I disse Tider, sagde hun.

Madam Bolling rokkede hjemad. Skovrideren havde lovet at tale med Tine.

Han havde staaet paa Trappen da hun gik og set ud i Luften:

-Nej, vi kan ikke undvaere hende, havde han sagt.

-Nej, det kan vi ikke, havde Madam Bolling svaret.

Og saa var hun rokket hjemad.

Tine sad ved Appels Seng, da Berg kom—hun saa, hvor bleg han var:

-Kan De gaa med mig en Timestid? sagde han lidt hastig. De traenger til Luft.

-Er Vejret smukt, spurgte Appel.

-Ja, svarede Berg og taenkte: Hvor hun har lidt.

-Skinner Solen?

-Ja.

-Saa gaa dog—saa gaa dog, sagde Appel. Og Tine rejste sig uden Ord.

De gik ud og de bojede bort fra Pladsen, hvor Soldaterne stojede, ned langs Kirkegaardsmuren, hvor der var Stilhed—uden at tale.

Men pludselig stansede Berg. Og ligesom med et Ryk begyndte han at tale—losrevet, som om han talte med sig selv. Han gav Ord til alle Tankerne, der pinte ham, og han undskyldte sig med alle de Undskyldninger, han havde ophobet en lang Nat. Han forklarede den Lidenskab, han ikke naevnte; han forfulgte den med sine Ord lige til dens Fodsel i sine Tanker—han forsvarede sig med alt, skaeldende Naetterne, Vaerkerne, Vagterne; Krigen, som ikke var Krig, Dagen, der ikke havde Arbejde, Naetterne, der ikke kendte Sovn.

Han gik igen hurtig, saa hun naeppe kunde folge; stille forstod hun alt. Men ligesom tyssende paa ham, bortvejrende hele det Forsvar, han ikke behovede, sagde hun blodt og naesten bebrejdende:

-Hvorfor vil De dog sige mig alt det?

Berg stansede—to Gange mumlede han hendes Navn.

-Hvorfor vil De da rejse? sagde han saa, hastigt som forpustet: Jeg har talt med Deres Mo'er.

-Vi to, sagde han, behover vel ikke at vaere bange for hinanden.

-Nej, hviskede Tine og loftede Hovedet.

De talte ikke mer, men gik tause ved Siden af hinanden. Luften var mild og Himlen mod Solnedgangen Lys, som naar der naermer sig Foraar. Kanonerne taug. Kun et enkelt Dron bares hen i den klare Luft med en Lyd, som var en raslende Vogn rullet tungt forbi dem.

De gik ned over Engen og steg ind over Gaerdet. De saa Dammen og Lysthuset med de hvide Sojler, hvor Rosernes Ranker hang nogne ned—og de taenkte det samme.

Gennem Laagen i Buxbomhaekken kom de ud til Laengen.

Fra Dagligstuen lod Klaveret med en Vise, Sofie, der fjasede i
den halvaabne Vaskehusdor, rykkede vaek fra sin Sergeant.
Men Maren blev staaende ubekymret, hojt fnisende, midt i en
Kreds af Soldater, ovre ved Leddet—de fulde Spande havde hun
stillet fra sig.

-*Kom afsted med Deres Spande,* raabte Berg som i en pludselig
Forbitrelse. Og Maren satte ind efter—uden en Lyd—saa
Skorterne floj om hendes Laegge og Maelken skvulpede;
Officererne, der drev paa Gaardstrappen, skoggerlo, da hun lob.
Berg og Tine skiltes.

Hun vendte ad Alleen hjem til Skolen. Den sodligt kvalme Luft
fra de Saaredes Stue stod ud i Gangen. I Dagligstuen spillede
Officererne Kort.

Madam Bolling var i Kokkenet—hun kogte Honsekodsuppe til
"dem derovre".

-Det er smaat—det er smaat med dem derovre, sagde hun.

-Jeg har talt med Skovrideren, sagde Tine stille.

-Aa, saa Gud ske Lov, aa, saa Gud ske Lov, sagde Madam Bolling
og satte sig af Bevaegelse.

-Og her er jo ogsaa nok at gore her, sagde Tine som for.

-Aa ja—er det ikke sandt?—Aa—saa Gud ske Lov ... Bolling,
Bolling, raabte Madammen ind hojt og glad, vi beholder hende
—aa, jeg vidste det, aa, jeg vidste det, naar *han* lovede det.

-Naa, min Pige, naa, min Pige, sagde gamle Bolling tyssende.
Tine havde helt krampagtig slaaet Armene om hans Hals.

* * * * *

... Tine havde bragt Suppen ind og sad ved Appels Seng.
Rundtom var de Syge ved at falde til Ro.

Kun henne ved Vinduet skrev en Sygepasser endnu, bojet ned
ved et Taellelys, for en Saaret, der dikterede Brev til sin
Kaereste, siddende halvt op i Sengen. Det gik saa langsomt
baade med at taenke og med at skrive.

Appel havde talt om Viborg og dem derhjemme. Nu laa han med
lukkede Ojne.

Henne fra Vinduet horte man den Saaredes Stemme, der udtalte alle Bogstaverne, ligesom om han stavede.

Appel slog Blikket op:

-Aa—De ved ikke, hvor hun har konne Ojne, sagde han og saa op mod Lampens rolige Lyskreds, mens han smilte.

Lidt efter sov han, og Tine rejste sig stille.

Hun gik hjem til Skovridergaarden. Aftenen var mild. Bag Smedens Haek brod en af Kroens Piger frem, fulgt af en Soldat.

I Morket stod en Haandvogn midt paa Vejen. Det var Kroblingens Vogn med Ollet—han var paa Vejen hjem. Han kendte Tine, og han begyndte at tale til hende, siddende mellem de to Hjul foran den tomme Tonde:

-Jo, *den* gik godt nok—om man saa'n ku' hold' 'en gaaende— Ane forstod' et at bland' det tynde ol....

Den Kroblede blev ved at snakke.

Tine gik fra ham: Han havde vaeret til Kros.

* * * * *

To Naetter efter blev Tine hentet hjem.

Det var Madam Bolling selv, som kom og slog paa hendes Rude.

Det var rent forskraekkeligt med Bolling. Maelet havde han ligesom faaet helt igen, men med Hovedet var det galt. Forvirret talte han og var ikke til at holde i Sengen.

Laegen, der kom, sagde, det var en Blodknude paa Hjernen.

Tine maatte blive derhjemme.

VI.

Paa anden Nat sad Tine hos Faderen.

Han talte uafbrudt og bad og vilde hore laese—Psalmer og Skriften. Tine laeste og laeste.

Nu var han mod Daggry falden lidt til Ro. Men ogsaa i Sovne rokkede og rokkede hans Hoved paa Puden som de syge Dyrs. Tine halvblundede med Hovedet mod den kolde Vaeg. Madam Bolling havde faaet en Dyne ud paa Kokkengulvet for at finde lidt Hvile.

-Hvor det lyder, sagde hun, hvor det lyder!

-Ja, Mo'er, ja—men sov nu, sov nu....

Som en Orkan forte Stormen Kanonernes Don hen over det rystende Hus. Blaesten slog den stride bestandige Regn mod Ruder og Mur, saa det lod som Gevaerernes Knitren. Og fra Vejen i Morket horte man i Larmen de utydelige Lyd fra de Flygtendes Tog, der aste forbi fra Sonderborg—paa fireogtyvende Time.

-Hor, det ta'er til, det ta'er til, klagede Madam Bolling i sit Kokken.

-Ja—men sov nu. Det blir jo Dag og du har ikke sovet.

Madam Bolling blundede hen og stonnede let i Sovne. Dagen begyndte graa at gry. Ogsaa Tine slumrede lidt, laenet mod den sitrende Mur.

Rundtom sov alle—Officerer og Soldater og Syge—den samme Sovn, horende Kanonernes Dron dumpt gennem Blundet.

Dagen var helt brudt frem. Den Syge sov endnu, og Tine stod op fra sin Plads.

-Jeg vil gaa derned, sagde hun; halvandet Dogn havde hun knap vaeret udenfor Kammeret, mens Kanoner og Allarmsignaler lod.

-Ja, Barn, gaa—gaa, sagde Madam Bolling, der tog fat paa det daglige og ikke havde mer Sans end det udasede Dyr, der kun foler Selen og slider.

-Og det ta'er kun til—det ta'er kun til, sagde hun.

Selv Trappens Trin, hvor Tine stod, rystede under Jordens Ryk. Vogn efter Vogn sled sig endelost op forbi Kroen. Kvinder og Born sad paa de usikre Laes som dinglende Bylter i Regnen, sovndrukne midt under Larmen. Gamle Koner, der knap kunde gaa, stred sig frem, uden Sans, ved Siden af Vognen, snublende i de dyngvaade Dyner, som de slaebte. Born, hvem Regnen blindede, lob mod Vogne og Traeer, og skreg, mens de tumlede videre.

Ingen kendte sin Nabo, og Stemmerne horte man ikke under Kanonernes Brol.

Tine gik Toget forbi og steg ind over Skovriderhavens Gaerde. I Huset var alt opgivet. Natten lang havde Dorene ikke staaet. Fra alle Veje lod Baronen de Flygtende frit trampe ind, saa ingen fik Sovn eller Ro. Alle Stuer var fulde af Kommendes Trin og af Forbandelser.

I Gaarden holdt forladte Flyttelaes, som var uden Ejermaend, midt i Regnen. Tre Maend laa, da Tine kom, i Gangen under et Par udbredte Kapper, og et Par vildfarne Born var faldet i Sovn paa Loftstrappen, indsvobte i et Sjal.

Ingen Dor var lukket, og Snavset, som var fort ind af hundrede Vejfarne, var storknet paa alle Taerskler. I Dagligstuekakkelovnen taendte to Fremmede Ild.

Rundtom sad Flygtningene, Koner og Bom, der ikke en Gang vidste, hvor de var, og de sogte Hvile for det tunge og bedovede Hoved ved at laene det mod Vaeggen, der skaelvede. Faa talte. Fra Bergs Stue horte man en skinger Kvindestemme, der blev ved at sige—mens den Talende uafladelig, sanselos og jamrende, slog de udbredte Haender ned mod sit Skod—:

-Alt, hvad vi ejer og har—aa, alt, hvad vi ejer og har!

Tine gik ud. Pigerne var ikke at finde. Paa Skorstenen, som ingen skottede, var Ilden gaaet ud, og Stormen tog i Bryggersets opslagne Dore, som vilde den slynge dem los fra de sitrende Karme under Kanonernes Larm.

Tine kaldte og Stojen tog hendes Stemme. Sofie fandt hun

tilsidst—i Krogen ved hendes Seng, hvor hun sad, boret ind, med det hele Hoved viklet i et Lamasjal.

-Aa, er'et da Dommens Dag? jamrede Sofie og hun kastede sig over Sengen: aa, den treenige Gud—aa, den treenige Gud!

Tine gik og kaldte igen:

-Maren, Maren!

Ingen svarede.

Men pludselig satte Maren frem fra Bryggerset, som et anskudt Dyr, frem over Gaarden, som stod alle Laenger i Brand, ud, hvor Lars Avlskarl var og Anders Husmand var. Ogsaa de var lobet bort. De stod paa Markhojen—forfaerdede foran det braendende Land.

Orkanen slog Rogen som vaeldige Skypumper frem over Landet; Gaarde braendte og deres Luer blev slukket, som var de elendige Lys. I Luften saas Granaternes rode Buer, og Jorden skaelvede under Fodderne som et Dyr, der stonner.

Rundtom paa alle Hojder stod i den strommende Regn Maend og Kvinder som Stotter, mens de Flygtendes Tog som en stigende Flod bredte sig ud over Vej og over Sti som en ustanselig Jammer.

-Saa er 'et da Dommens Dag, saa er 'et Dommens Dag—blev Sofie uafladelig ved; hun fulgte i Haelene paa Tine hvor hun gik og stod, mens hun lagde i Skorstenen og tik kogt Maelk og Brod (der var ikke anden Mad i Huset, Natten havde plyndret alt) og gav i det mindste Bornene at spise.

-Aa Gud for Skovrideren, blev Sofie ved, mens hun fulgte Tine: han var inde i Deres Kammer for at sige Farvel til Fruens Billed'—Sofie jamrede hojt—det er det bedst' af alle Billeder— det ligner bedst af alle Billeder—*der* var han ind' at si' Farvel— da han drog ud....

-Tag nu her, Sofie, sagde Tine, der oste Maelk op i Tallerkenerne, som Sofie skulde baere rundt.

-Aa Gud, ja, aa Gud, ja, jamrede Sofie lidt stilfaerdigere; hun faldt i Snak hvert Sted, hvor hun bragte en Tallerken: hun maatte hore igen om "al den Elendighed".

-Og—det ta'er evigen til, sagde hun og rokkede med Hovedet.

Det tog til. Som Lyd af det stigende Vand ved en Springflod drev Kanonernes Bulder hen over Huset.

En ny Strom af Flygtninge begyndte at banke paa Dorene.

Baronen lod dem alle komme ind. Selv stod han ved Dagligstuedoren, geskaeftig som en Bedemand ved en Begravelse, og fik sin Entrebillet af hver: en Skildring af Bombardementets Raedsler.

Der var ikke mer Plads i Stuerne, de Udmattede kunde ikke komme til Saede.

-Men her er i det mindste Varme, sagde Baronen, der svedte midt i den fordaervede Luft, hvor Dampen stod af de Kommendes dyngvaade Klaeder.

En Korrespondent, der var paa Flugten med en broderet Vadsaek og lob omkring urolig for sin Bombardementsberetning, som en Hunkat, for den barsler, bad om blot et Braedt til at laegge over sine Knae, saa han kunde komme til at skrive. Han blev installeret i Tines Kammer, hvor allerede to Born sov paa Sengen, og han fik tolv Blyanter frem, med Spidserne omhyggelig omvundne med Vat, hvilke han placerede i Raekke i Vindueskarmen.

Der kom bestandig fler; gennemblodte, overdaengede med Smuds stod de i Gangen foran de overfyldte Stuer og slovt, uden Ord, vendte de tilbage til Regnen og Vejen. Nogle bad om blot at maatte sidde et Ojeblik, en halv Time—og de satte sig, med Born i deres Arme, paa Loftstrappen, i Bryggersgangen paa det bare Gulv, og faldt i Sovn det Nu, hvor de satte sig.

Der var ingen ubesat Plet mer og ikke en Krog at finde. En Syg blev lagt i Pigernes Seng.

Inde i Stuerne begyndte de Forkomne at "to op" og de vaagnede til Besindelse. De jamrede, maalende deres Tab, graedende for deres Hjem—uden at hore paa hinanden, hver kun optagen af sit—krammende ud med Ejendom, Pengevaerdi, Besiddelse, betroende sig til hvemsomhelst, der intet horte, men kun talte selv, ramt af samme Skaebne, hidsig og fortvivlet som en

bedragen Jode paa en Markedsplads, taellende
Vaerdipapirerne, han har reddet—og pludselig stansende, uden
at kunne taenke, forstenet igen, foran Hjemlosheden; deres
Hus, der var styrtet sammen, deres By, der var lagt ode, deres
Hjem, som var skudt ned.

Mens Modre, med Born ved deres Knae, kun blev ved at graede
stille.

De traengte sig sammen, og de talte i Munden paa hinanden,
fyldende alle Kroge, traengende sig ind allevegne, som var de
Folk, der var komne sammen paa et Auktionssted, hvor et Hjem
er tilfals—mens Baronen blev ved at lobe om, purpurrod,
sporgende om "nye Detailler", udviklende sine Anskuelser; og
den sortsmudskede Korrespondent fra Kobenhavn, bleg og
ophidset, blev ved at gentage sin Fortaelling, ingen horte:

-Nej det var ikke hyggeligt, sagde han. Det var sandelig ikke
hyggeligt.

Det var en Granat, der iaftes var sprungen i det Logis, han
forleden havde forladt just paa det Sted, hvor en engelsk
Kollega havde plejet at ligge.

-Over hans Seng—lige over hans Seng, sagde han. Og han
gentog midt under alle disse Menneskers Jamren, der havde
mistet alt:

-Nej, det var sandelig ikke hyggeligt.

Et Par Kobmaend talte om Assurancen—det var Held for *dem*,
som havde godt forsikret gamle Ronner: Krigsskadeserstatning
maatte der i hvert Fald gives. Og over alle Samtaler, over alle
Klager horte man uafladelig den skingre Stemme fra Bergs Stue,
gentagende de samme Ord—uafladelig, som en Sindssyg—
ligesom et Refraen.

Tine vilde gaa. Her kunde hun ikke blive: dette Hus kendte hun
ikke mer; her gik hun kun rundt som en dov mellem fremmed
Jammer.

Tine gik Baronen forbi, der stod taet ved Doren, og hun horte
ham raabe:

-Hvad de vil? raabte han. De vil skyde Broerne ned Det er

Broerne, det gaelder ... Jeg har sagt det, jeg har sagt det ... Pas
paa Retraeten, har jeg sagt. Det vil blive Broerne, det gaelder ...
Og der falder en Granatregn nu over Broerne....

I Gaarden stod de dodtraette Heste ludende og dog med loftede
Oren under Larmen, foran de Flygtendes kummerlige Laes. Tine
gik dem forbi og ind i Stalden—hun vilde kalde paa Lars eller
Maren—: med fremstrakte Halse brolede Kvaeget kort og
angstfuldt, med store, bange Ojne, mens Tojret raslede svagt.
En Ko slog sin Tunge ud for at slikke Tines Haand. Det var
Fanny, den Blissede, Herlufs gamle Ko.

Og overvaeldet, afmaegtig, her mellem Dyrene, der var angste
som hun og som hun kendte, graed Tine fortvivlet, mens den
Blissede blev ved at slikke hendes Haender.

Hun gik ud, mens Koerne fulgte hende med deres store Blik. I
Rummet ved Loen horte hun Hektor og Ajax tude sagte. Hun gik
hen og lukkede dem ud og med skaelvende Sider trykkede de
sig ind mod hendes Legeme, som naar de pludselig paa en
natlig Jagt overfaldes af en hemmelig Angst og trykker sig op
imod Jaegeren.

I Alleen kom der atter Flygtninge imod hende—Korende og
Gaaende.

-Der er ikke Plads, sagde Tine mat og slog ud med Haanden. Og
uden Modsigelse, tause, vendte de om, som drev Tine dem
foran sig—en Hjord uden Vilje.

Paa Vejen kom ingen mer frem. Soldater, der vendte hjem fra
Skanserne, gik mellem Vognene, bedovede, svaertede og blege.
Officerer af Staben red ind paa Marken for dog at komme
videre.

Paa Skolens Trappe stod en Stabsofficer og en Large. Tine
spurgte:

-Hvor ligger tredje Regiment?

-Tredje? Ved Brohovederne, svarede Officeren.

Tine blev staaende—de to var allerede borte. Klokkerne
begyndte at lyde, Praestens Kaleche kom, Tine stod der endnu:

-Han laa ved Broerne.

Hun horte Moderen raabe bag sig, og hun skelnede naeppe hendes Rost.

-Tine, Tine, raabte hun angstfuld igen, og Tine vendte sig.

Det var Faderen, som var rent fra det, som vilde op, som horte Klokkerne og vilde ud af Sengen.

Tine lob ind, og hun holdt ham med Magt, med begge Haenderne, mens han raabte:

-Bed, bed, lad os staa op at bede.

-Ja—ja, hun holdt ham i Sengen.

-Lad de Ugudelige bede....

-Ja, ja!—Tine tvang ham ned. Faderen, Moderen, Kapellanen, der tog Praestekjole paa ved den anden Side af Sengen, de stod som bag et Slor og hun horte dem ikke:

-*Han* laa ved Broerne.

-Laes, laes, skreg den Syge hojt; han satte sig op og hans glasagtige Ojne var som ispraengte med Blod. Laes, laes, og han krammede om Bibelen paa sin Dyne.

Klokkerne lod igen gennem Kanonernes Don. Ude i Kokkenet hulkede Madam Bolling hojt.

-*Der, der,* skreg den Gale, hidset af Lyden af Klokkerne. Laes, — horer du—laes ... lad os alle bede.

Tine knaelede ned. Bogstaverne voksede sig store paa Bladene foran hendes Ojne, og hun laeste og laeste og vidste ikke, hvad hun laeste:

-"Herre vaer os naadig, vi have biet efter dig, vaer aarle vor Arm, vor Frelse i Nodens Tid".

-Ja, ja, raabte den Syge med opspilede Ojne: bed, lad os bede. Gud er almaegtig.

-"Og Himlens Haer skal svinde og al deres Haer skal visne. Til Dom skal mit Svaerd fare ned over Edom og over det Folk, som jeg satte i Ban".

-Gud er almaegtig. Gud er almaegtig—

Tine laeste bestandig, mens den Syge blev ved at raabe. Selv horte hun ikke alle Profetens Forbandelser, Bibelens Ord var i hendes Oren kun tomme Lyd:

-*Han* laa ved Broerne.

Faderen talte med. De sagde begge Ordene, han hojere end hun, naesten som med Triumf—alle Esaias' Raedsler.

-"Herrens Svaerd kender Blod og det er maettet af Fedme, af Lams og Bukkes Blod, af Vaedderes Nyrers Fedme; ti Herren har Slagtoffer i Bezra og stor Slagtning er der i Edoms Land...."

Fra Kirken begyndte Sangen. Det var som den Syge horte efter den og talte sagtere:

-"Det skal ikke slukkes Dag eller Nat, Rogen deraf skal opstige evindelig. Det skal vaere ode fra Slaegt og til Slaegt, fra Evighed til Evighed skal ingen gaa igennem det".

Langsomt blundede Bolling hen, og de febrilske Haender blev stille.

Tine laa ned over Bogen. Fra Kirken horte hun Soldaternes Sang:

Vor egen Magt, den er kun svag, let kan os Fjenden faelde; men En antager sig vor Sag, omgjordet med Guds Vaelde: Det er den Herre Krist, og Sejer faar Han vist! Der er ej anden Gud, Han drager med os ud. Han Marken skal beholde.

Den Syge mumlede i Sovne, men Tine horte det ikke: hvor staerkt de dog sang derinde—*de, som skulde do.*

Og myldred Djaevle frem paa Jord og os opsluge vilde, vi frygte dog ej Fare stor, de deres Trusler spilde. Lad rase Morkets Drot med Logn og Mord og Spot. Han har dog faaet sin Dom, da Krist til Jorden kom: Et Ord ham nu kan faelde. *De*, som kunde do— do og faa Fred!

... Tine stod op. Faderen sov endnu, og Praesten var allerede kommen tilbage og tog Praestekjolen af paa den anden Side Sengen.

Madam Bolling bragte ham Kaffen og Kringlerne.

-Aa, var det nodvendigt, Madam, sagde han mildt, paa en Dag som denne?

Og han nod Kaffe og Tilbehor, siddende ved Fodenden, med et rort Blik paa den sovende Syge.

-Men det er velsignet at forkynde Ordet for disse Tilhorere, sagde han og pegede ud mod Kirken.

-Ja, Hr. Pastor, svarede Tine, der ikke vidste, hvad han havde sagt.

Hun bragte Praestekjolen ud til den ventende Vogn, men Koretojet kunde ikke komme frem. Det var intet Tog mer, det var blevet en kaempende Stimmel mellem Kroen og Skolen. Vognene sank i det fodhoje Mudder og Hestene stansede skaelvende og blindede. Familjevis kaempede Menneskene sig frem. Born og Kvinder og Maend, bukkende sig for Storm og Regn, der piskede deres Ansigter, foleslose—naar de blot kom frem, kun frem.

De skubbede sig forbi Kanoner og stonnende Dyr, forbi Saarede, der jamrede i Vogne uden Halm, forbi forladte Born, der skreg ved Vejkanten, og de saa dem ikke, fordi de ikke var *deres*.

Og selv deres Klager var dode. De bar heller ikke mer, mens de sled, rimelige Ejendele, men de slaebte kun bevidstlose, hvad Skraekken havde givet dem i Haenderne. Born bar Husgeraad uden Vaerd, gamle Kvinder holdt krampagtigt som en Skat sprukne Spejle, hvor Regnen, der strommede, udviskede Billedet af deres forfaerdede Ansigt. Modre bad om Ly, blot for deres Born, hos Jessens, hos Smedens, i Kroen, og gik videre fra Dor til Dor, for der var ikke Rum.

Gennem alt, Storm og Kanondron, der fik Pladsen til at skaelve, horte man som Knive de Saaredes Skrig—naar i Stimlen de nogne Vogne stansede, hvor Ambulancesoldater, der var dodtraette under altfor stor Elendighed, havde kastet dem uden Medfolelse.

Smedjen var fuld. Smaapiger hvilte sig paa Kirkegaarden, paa de vaade Gravstene. Foran Porten spaerrede en Marketender Vejen for alle og solgte ud fra sin Vogn, geskaeftig udskrigende sine Aagerpriser, mens hungrige Born spiste begaerligt midt i Uvejret. Frem mellem Vogne, Dyr og Mennesker jog den Kroblede, falbydende sit Ol, mens den fyldte Skindpung slog klingrende mod hans Krykker.

Forfaerdet stod Praesten endnu ved Siden af Tine paa Trappen, da en Vogn satte ind fra Krogyden midt i Vrimlen. Bornene faldt og skreg og Vogne tornede mod hinanden.

Saa kendte Folk Madam Esbensen, der sad i sin jumbende Stol. Hun skulde i Forretning.

Og pludselig midt under deres Elendighed begyndte de at le og spoge og raabe rundtom Madammen, der sad, bred og smilende, over alle Hovederne, i sin Stol. Og de gjorde Plads og traengte sig sammen, mens de blev ved at le. Pastoren kom hastig ned ad Trappen og i Vognen for at folge i Kolvand af Madammen, der rullede afsted, frem mellem de Flygtende.

Toget lukkede sig igen. Soldaterne tog fat om Kanonernes Hjul for at skure dem frem og skaane de asende Heste, og op bag Kroen slaebte Vognparkens vanrogtede Dyr nye Saarede.

Det var en Vogn med haardt Kvaestede. Der *maatte* skaffes Plads. De *kunde* ikke bringes videre. De Naermeste stansede ved Skrigene, da de Saarede bragtes op ad Skolens Trappe.

En Laege fulgte. Forvirrede lob forasede Sygepassere efter Vand og efter Kar. De flyttede de Saaredes Senge sammen, mens de nyskomne Kvaestede stonnede henkastede paa Gulvet. Der var ikke Laerred og der var ikke Charpi.

Tine lob efter det, gennem Stimlen, over i Kroen. Paa alle Gulve laa der, paa udbredt Halm, Born og Kvinder, Side om Side. Frysende Born graed rundt om Skorstenen paa Stengulvet. Madam Henrichsen fik Laerred og Klude frem, siddende i sit plyndrede Spisekammer, vragende laenge, mens Tine ventede, utaalmodig, med de Kvaestedes Stonnen i sit Ore.

Men Madammen holdt paa sine Klude, maalte og besaa—midt i Jamren lod hun Munden lobe:

-Ikke var der spiseligt i Huset, ingenting; hvor skulde man ta'e 'et fra? Og hvem havde vel Nytte af sine Piger?—De er ikke til at holde ved Malkningen, om man saa bandt dem til Stripene....

Og mens hun blev ved at rode i sine Klude, skaeldte hun paany sine Piger—den hemmelige Angst for Tinka ogede Dag for Dag hendes Raseri—:

-Om de laa ene i Naetter som disse? Taget faldt over dem og de flod med Mandfolk, hvor de blot fandt en Klat Ho ... Tojter, Tojter, raabte Madam Henrichsen, mens hun skubbede Laerredet til Side.

Tine tog det. Langsomt, som om hun havde glemt, hvad hun var gaaet om, gik hun gennem Stuerne og horte atter Pladsens Stoj. Som i Blinde gik hun ind gennem Vrimlen, og pludselig, midt i sin stivnede Traethed, syntes hun, hun saa—et Nu—Bergs Ansigt foran sig, mellem en Flok Soldater, blegt og fortrukket, og greben af en fuldkommen Vished sagde hun:

-Han er dod.

Hun gik op. Hun gav Laegen Charpi og Laerred. Han var i Arbejde: en af de Kvaestede stonnede hojt under hans Haender.

-Aa, aa, ror mig ikke, be'er jeg—ror mig ikke, be'er jeg, be'er jeg....

Laegens Arme var blodige indtil Albuen. Tine stod rolig hos— kun bleg var hun—og hjalp.

-De taaler at se Blod, sagde Laegen, der gik til den naeste.

-Ja, svarte Tine blot og fulgte.

Det var en Sergeant, de kom til. Hans Ansigt var graablegt og han rallede.

-Daek ham til, sagde Laegen og gik forbi.

Sygepasseren slog Kappen over den Doende.

... Laegens Arbejde var forbi. Angste, uden Ord, havde de Syge set til fra deres Senge. Nu laa de nye Saarede i Baarerne, som hang mellem opstillede Bukke. Madam Bolling var kommen ind for at hente Laegen. Bolling var vaagen nu igen og saa urolig:

-Og naar der er en Doktor i Huset—og naar der er en Doktor i Huset, sagde hun; hun saa hverken Kvaestede eller Syge, hun taenkte kun paa Bolling, med hvem det var saa rent forkert. Laegen gik ind og lod Tine blive.

Det begyndte at morknes. Tiere og tiere aabnedes Doren: de flygtende Stakler bad om Nattely kun—forgaeves.

-Er det Dem? hviskede Appel fra sin Seng.

-Ja.

Tine satte sig paa Kanten hos ham, og Appel tog hendes Haand. Saa faldt han tilbage i Feberen igen. I Vildelse var han hjemme, altid hjemme, i Viborg, ved Soen—med "de unge Piger".

Ude stansede Kanonerne ikke og Stormen lod ikke af, forbi de rystende Ruder horte man det flygtende Togs evige Vandren som et stigende Vand.

-Annie, Annie, kaldte halvhojt Appel i Feberen Tak—at du kom.

-Om lidt blir her koligt—hans Stemme lod saa mildt—saa gaar Solen ned ... her er saa smukt, naar Solen gaar ned ... og vi er sammen....

Han smilte og trykkede Tines Haand, som han bestandig holdt:

-Hvor du var god, at du kom, sagde han og klappede Haanden— du er saa god ... hvor du er god....

Sygepasseren vendte Hovedet:

Nej, de Fruentimmer stod 'et da heller aldrig ud. *Der* laa nu osse hun paa langs henad Sengen—som en Klud.

Det var Doktoren, der kom ind, og Tine rejste sig.

-Det er daarligt med Deres Fa'er, sagde han. Han vil absolut op. Men foj ham blot; det kan dog ikke skade—desvaerre.

-Og *gaa* saa derind.

* * * * *

... Bolling var ude af Sengen. Han vilde ikke blive der mer.

Ustanselig snakkende sad han paa Kanten. Madam Bolling kunde ikke faa Stromperne paa ham:

-Aa Gud, aa Gud, hun fik dem ikke paa med sine rystende Haender.

-Lad mig, Mo'er, lad mig, sagde Tine og tog om den Syge.

-Jeg vil op, jeg vil ud, vi skal *alle* ud, blev han ved, hans Tunge gik uafladelig.

-Ja, Fa'er, ja.

Han havde ti Mands Kraft, han loste alt igen; hun kaempede med ham af alle Kraefter.

-Jeg vil op, vi maa bort, det er Tid!—Tine famlede med ham, Klaederne fik han forkert paa.

-Vi maa i Taarnet, vi maa i Taarnet, blev han ved, stakaandet:

Alle i Taarnet.

Han tog Tine om begge Haandled.

-For det er *Jorden, der braender*, sagde han og begyndte selv at skaelve: Forstaar I, det er Jorden, der braender ...

-Ja, Fa'er, ja!

-De har stukket Ild paa Jorden, sagde han hastig, hviskende og aandelos: Der er Ild i Jorden—horer I—horer I ... der er Ild i Jorden.

Og pludselig, greben af Raedsel, rev han sig los,—mens Madam Bolling skreg—byldtende alt omkring sig, Klaeder og Taepper, raabende, ustanselig, skrigende paa Lygten:

-Lygten, Lygten—skal vi ikke se, hvordan Jorden braender? Og han begyndte at le.

-Jo, Fa'er, jo.

-Aa Gud, aa Gud, aa Jesus, Gud, hulkede Madam Bolling.

-Hent Tinka, sagde Tine aandelos, folgende Faderen, der lob ud og ind, ud og ind.

-Ja, aa ja,—Madam Bolling lob uden Sans.

-Lygten, Lygten, skreg den Syge.

-Ja, Fa'er, Ja. Tine fik den frem og taendt.

Tinka kom: Han vil op i Taarnet, sagde Tine hviskende og hurtig, hold dig til mig, hold dig til mig og pas paa.

Den Syge lo hojt og laenge gennem Larmen.

-Vi vil se, hvordan Jorden braender ... Gud har sat Ild pa jorden, sagde han forklarende og holdt Lygten op foran Tinka, der rystede.

Han gik ud Han vilde ikke stottes. Han loftede, staaende paa Trappen, den svinglende Lygte hojt, saa Lyset faldt over de Flygtendes Ansigter.

-Kom, Fa'er, kom, sagde Tine, som vilde have ham bort.

Mennesker og Vogne og Dyr asede frem ved deres Fod som et Tog af forvirrede Skygger. Stemmer og Klager og Raab blev til Mimren under Kanonernes Larm.

Bolling gik ikke videre. Han blev ved at staa, mumlende, med den loftede Lygte, paa det overste Trin—Hatten tog han af, som om den strammede hans Hoved.

-Fa'er, kom.

De gik og de stodte mod de Flygtende for blot at komme forbi.
Bolling var forrest; Stormen naesten udblaeste Lyset. De foer
imod Kirkegaardens Haekker og snublede over Stene.

-Horer I, horer I, raabte den Syge. Det lod som Jordskaelvs
Dron.

Tudende lob Ajax og Hektor om mellem deres Ben.

Stormen stod mod Kirketaarnets Dor og holdt den til. Men
Bolling rev den op. Der var en Luft derinde som i en Grav.
Doren slog i for de hylende Hunde.

-Mo'er, tag Lygten og gaa foran, sagde Tine.

Madam Bolling fik Lygten, Hun var bleg og stiv som i Krampe,
mens hun tog den.

Stigen stod for dem, op i Morket. Dens Trin var altfor hoje—
mellem dem laa Natten, som vilde den sluge dem.

-Gaa bagest, sagde Tine til Tinka.

De gik bagest, for at gribe Bolling, om han faldt. Men han
klavrede op, klamrende sig til Trinene, talende uafladeligt,
mens Klokkerne over dem rungede dumpt, gennem Larm og
Storm. Regnen slog som Hagl mod alle Luger.

-Tinka, pas paa, pas paa.

Bolling vaklede i Morket og de vilde gribe ham. Men saa var han
oppe og de ogsaa—paa det faste Loft.

-Lugerne maa op, Lugerne maa vi ha'e op!—Bolling rev i
Lugerne, og Tine sled dem op. Uglerne floj dem, skraemte, forbi
med korte Skrig, og Klokkernes Knebler slog, under Orkanens
Ryk, mod Malmsiderne som til Brand.

Den Syge talte ikke mer. Forfaerdede stod de alle foran de
aabnede Luger.

De saa gennem Regn og Nat kun en eneste Stribe af Rodt—som
Randen af et Hav, mens bag det, paa Hojderne, Huse braendte i
Grunden med dunkel Flamme, som vilde den rode Ild rinde ned
over Bakkernes Kamme. Og den tykke Luft, Luften over Landet i
Brand, var fuld af Granater som af glodende og ilsomme Kloder,

mens Lyden fra de Flygtendes Tros—Soldaterne paa Flugt, Vognenes Raslen, de tusinde Vandreres Trin—naaede dem som den rappe Knitren af et Kaempebaal.

Under sagte Jammer, med sammenknugede Haender faldt Madam Bolling ned mod Lugens Aabning ved Siden af sin Mand.

-Det er Oen, der braender, hviskede hun.

Lugerne slog voldsomt ind mod Taarnets Mur; det var, som Himlen sendte alle Vande over Jorden, mens i den rode Rand Rogens Skygger sprang som onde Dvaerge.

Det gav Ryk paa Ryk i Taarnets Dor. Hundene foer jublende ind dernede.

Tine havde vendt sig. Lygten greb hun—hun troede, hendes Hjerte skulde stanse.

-Den dejlige O, den dejlige O, hviskede Madam Bolling de utallige Gange.

Tine havde loftet Lygten, hojt over Trappen—hun lyste for Berg, der kom op:

-Det var ham, det var ham.

Hun talte ikke, rorte sig ikke heller. Hun skaelvede kun, fra Isse til Fod, staaende paa det samme Sted, mens han tog hendes Haender.

De andre vendte sig knap.

Han stod hende ganske naer, uden at vide det, faldt hun ind imod ham, mens hun sukkede. Og foran Lugerne, bag Foraeldrenes Ryg. *tog* han hende, daekkende hende med Kys.

Bolling havde rejst sig, og de var atter kommet ned. Hundene fulgte dem med Jubel.

Doktoren var i Skolen. Han vilde give Bolling Sovemiddel.

-Men *De* traenger til Sovn, vendte han sig til Tine, hvis Ojne var blanke og vidtopspaerrede, som saa hun et Syn.

-Ja, hun gaar med mig, sagde Berg.

De gik.

Heste og Vogne og Mennesker blev til et i Natten. Berg og Tine *lob* gennem Uvejr og Stimmel, fulgte af de gjaldende Hunde.

Og midt mellem Ruinerne af sit Hjem, under sin Hustrus Billede, tilfredsstillede Berg sit pinefulde, sit nagende Begaer.

* * * * *

Dyngvaad satte Maren afsted ud af Loen over Gaarden. Sofie var gaaet til Ro og vaagnede halvt, da Maren lagde sig ind til hende i den helt oploste Seng.

Hun satte sig op og mumlede:

-Det er en Bespottels' af Gud.

Men Maren faldt kun ned uden at hore hende og sov som en Sten.

* * * * *

Regnen var stanset. Luerne fra Sonderborg flammede over Landet.

VII.

Nu var det glemt—altsammen, alt, hvad hun havde lidt i disse seks Dage siden han drog ud: nu kom han jo hjem.

Tine lob hen til Lars Husmands; *der* vilde hun staa, naar han kom.

Rundtom drog Soldaterne ud, uden Sang, tungt i den opblodte Vej. De vendte Hovederne og saa efter Tine, der lob dem forbi— hendes Ansigt var saa friskt i Vinden, og hun havde en lille Slojfe faestet i sit Haar under Sjalet.

Ved Stien ned til Huset holdt den Kroblede med sin Vogn. Han havde to "Filialer" nu og solgte sit tynde, sukkerblandede Ol over hele Oen.

Han talte med sin kvaekkende Stemme—Tine saa op i den lyse Himmel, Luften var saa mild og alle Fugle kvidrede—:

-Ja vist, Niels Invalid, ja vist, sagde hun med sin hoje, klare Stemme, og hun lob ind til Ane.

Ane sad, mens de to Born kravlede paa Gulvet, foran Bordet og ordnede mange Kobberskillinger i Kraemmerhuse.

-Naa, sagde Tine, det er Fortjenesten?

-Ja, sagde Ane, Gud ske Tak—det er Ollet.

Tine slog Haanden ned i de mange fedtede Monter.

-Det klodser da, Ane, sagde hun glad og vendte sig mod Ruden:

-Men *Luft* maa her ind.

Hun stodte den trange Luft ud af fulde Lunger: Vinduet maatte op; men det var spigret.

-Hvem sidder dog for spigret Rude nu? sagde hun og fik Sommene bort med et Par rappe Haender. *Saa!*

Den friske Luft kom ind og Lugten af den unge Jord. Tine blev staaende ved Vinduet—Signalerne lod saa grant og kaekt under den lyse Himmel.

-Idag kommer Skovrideren hjem, sagde Tine langsomt og halvsagte.

Ane horte ikke.

Hun laa med hele Kroppen fremme over Bordet for at faa Tal paa sine Stabler. Baade Fingre og Kridtstreger havde hun til Hjaelp under Regningen.

En af Ungerne havde fundet en tabt Skilling og vilde ikke af med den og brolede, da Ane tog den.

-*Kom*, sagde Tine og tog Knaegten op; hun lob gennem Stuen med ham i de loftede Arme:

Og det var Ridder Ro
  og det var Ridder Rap
  Tip-Tap.
  Og det var Ridder Snip
  og det var Ridder Snap
  Tip-Tap.

Knaegten lo, mens hun sang og loftede ham hojt:

-Og skal du med Preusserne *slaaes*, og skal du med Preusserne *slaaes*, raabte hun og gyngede ham op og ned i Takten.

Saa blev hun stille igen og satte sig hen ved det aabnede Vindu, med Drengen paa sit Skod.

Ane blev ved at taelle sine Tutter.

-Hvor er Himlen dog hoj, sagde Tine, der ufravendt saa ud i den blanke Luft.

De Bortdragendes Signaler var doet hen, og Solen var ved at gaa ned.

Tine satte Drengen bort med et Saet.

-Der er de, sagde hun og stod op.

Ane havde intet hort. Men der lod Skridt bag Bakken af en kommende Trup.

-Nu naaer de Bakken, horer du?

-Ja, nu kommer de, sagde Ane traegt.

Tine lyttede, mens de kom naermere med tunge og traette Trin —ned ad Bakken nu.

-*De synger ikke,* sagde hun sagtere, og hun bojede Hovedet lidt ned bag Blomsterne. Det var, som Skyggen af en Angst greb hende.

-Jo, det er *dem*, sagde Ane og saa op fra sine Skillinger.

De forste Raekker kom forbi—tyndede og sorgmodige. Officererne gik ranke foran, blege under Ansigternes Sod. Raekke fulgte paa Raekke—tunge og tause, ingen hilste det vante Kvarter.

-Saa stille de bli'er, sagde Ane.

Tine var ligesom sunken ned bag Blomsterne—nu stod hun op igen:

-*Der* var han—*der* saa hun ham—saa bleg og saa stille som de andre ... nej, han drejede ikke Hovedet; han saa hende ikke, at hun var der; gik kun saa traet som de andre—forbi som de andre.

De var alle forbi, og man horte kun den Krobledes skingrende Stemme og et Par pludselige Kanondron over Landet, der syntes at hilse Solens Nedgang.

-Farvel, sagde Tine, der stod ved Doren; og hun gik hen over Markerne. Men pludselig, midt i den uforklarlige Angst, der havde grebet hende, sagde hun:

-Hvor han har lidt! Og hun smilede under en ubeskrivelig Glaede: hun skulde troste ham, pleje og troste ham.

Hun lob staerkere, saa hurtig hun kunde, hjem over Marken.

Hun maerkede ikke, der var ganske stille i Gaarden, skont den var fuld af Soldater, og ikke, at Huset, hvor alle Officerer var inde, var dodt og uden Stoj.

Hun kom forbi Sofie, der sad paa Huggeblokken og graed, sagte, uden Ord, og hun gik ind i sit Kammer, hvor det duftede af de gronne Bukkar og hvor de blaa Anemoner stod friskplukkede i Karmen.

Hun tog Stjernedugen frem, som hun havde gemt til Side, og hun lagde den paa det lille Bord. Hun stillede Tallerkenerne frem og daekkede, og hun saa til hans Livret, som hun havde lavet—iaftes silde, da alle var til Ro; og hun satte Glassene frem, hvoraf han skulde drikke.

Hun blev ved at gaa omkring ved det hvide Bord, puslende med ingenting; hun taenkte ikke paa, at han tovede—lykkelig ved kun at sysle her, hvor de skulde vaere sammen.

Saa horte hun hans Trin, og hun gik hen mod Doren.

Hun rakte Haenderne frem og smilede, men pludselig lod hun dem synke igen—han saa dem ikke; og Ordene, hun havde laengtes efter at sige, hun fik dem paa en Gang ikke frem; hun stod kun maallos, ventende, i uforstaaende Angst foran hans aandsfravaerende Ojne, der ikke saa hende, ikke kendte Kammeret igen, ikke hilste hende.

Hun gjorde kun en Bevaegelse—pludselig, maaske uden at vide det: hun gik tilbage og hun stillede sig foran det lille Bord, saa hun skjulte det, mens han traet satte sig ved Ovnen, stirrende frem for sig.

Tine blev staaende—gennem Mylret af Tanker og hendes Angst brod (vel ogsaa med Glimtet af et Haab) paany det Ene: Hvor han har lidt! Og frygtsom, mens hun naeppe berorte hans Skulder med sin Haand, sagde hun sagte:

-Var det saa forfaerdeligt?

Det var, som om han vaagnede ved Lyden af hendes Stemme.

-Forfaerdeligt, sagde han kun.

Og ligesom om han overhovedet forst nu huskede "det", holdt han hendes Hoved ned mod sin Skulder med en slap Haand og uden at tale, mens Tine trykkede Ansigtet ind mod hans Kind— Taarerne brod frem af hendes Ojne.

Saa bojede han sig—og halvt i Tanker, halvt af Medlidenhed— kyssede han hendes stakkels Ansigt med et Par kolde Laeber.

Tine stod stille op og hun begyndte at tale som en, der fryser— frygtsomt om Naetterne, om Skanserne der ude, om de Faldne. Han svarede kort, i en Tone uden Liv.

Det var som hvert Svar gjorde Tine blegere og det naeste Sporgsmaal endnu mere tonlost.

Hun taenkte kun paa et: at faa Bordet bort, om bag sin Seng.

Over dem hortes Officerernes traette Skridt; deres traege Tale var gaaet helt i Staa, mens Berg, som om det dog var ham et Behag at fornemme hendes Legeme ind mod sit, blev siddende og holdt hendes Hoved ind mod sit Bryst.

Tine losnede hans Haand fra sit Hoved og stod op:

-Skal De ikke ind at spise med de andre? sagde hun med en Stemme uden Lyd. Hun vidste ikke selv, hvorfor hun kun haengte ved denne ene Tanke.

-Jo—det er vel Tid, sagde Berg og han gik.

Tine fulgte. Hun gjorde i Kokkenet alt i Stand. Officererne kom tause ned, i Borgestuen begyndte Sofie at opvarte Sergeanterne, der spiste, graadigt, men uden at faa Liv i de svidende Ojne.

Tine havde sat Maden til Officererne frem, og Sofie begyndte at bringe den ind.

"Skovriderens Ret" bar Tine selv.

Officererne satte sig stille hen til Bordet og de begyndte at spise, mens Sofie bod om til det tause Selskab med en uafladelig Lyd som en ganske sagte Klynken, og Tine fulgte, stiv og ubevaegelig.

En og anden talte nu og da med et Udtryk, som horte han ikke sine egne Ord og heller ikke Svaret. Saa sad de tause igen med det besynderlig samme Udtryk i alle Ojne som en stirrende, bestandig Grunden.

Tine bod "Retten" om og kom til Berg. Han saa op paa hende, men hun var ganske rolig. Det var kun, som blev hun langsomt mere og mere bleg, som om alt Blodet svandt bort af hendes Legeme.

-Aa—det har Deres Moder bragt, sagde Berg.

Der gik blot en hastig Skaelven hen over Tines Ansigt og hun forsogte at smile som til et Ja.

Officererne rejste sig fra Bordet, og, faamaelte, satte de sig rundtom og fulgte med Ojnene Rogen af deres Cigar. Nu og da stod en Enkelt op og han begyndte at gaa op og ned, som havde han glemt de andre, mekanisk, som En, der forfolger en eneste, fix Tanke—og satte sig igen paa den Plads, som han lige havde forladt.

Tine gik ud og ind og vendte bestandig tilbage for at vente et Blik eller maaske blot for at hore hans Stemme og vaere, hvor han dog var.

Ovre fra Laden begyndte Folkene at synge—faa Stemmer og altfor skingert.

En af Kaptajnerne tog Cigaren ud af sin Mund:

-Der er *de Nye*, sagde han tungt til Berg.

Sangen blev ved derude—fler Stemmer tog i; saa sagde Majoren, der stod op:

-Naa, Lieutenant, har *De* glemt at synge? Svar Folkene med en Vise.

Lovenhjelm gik ben til Klaveret og slog det op. Han sad saa underlig stiv—som en Automat—mens han sang:

Har I laest den Berlingske Avis— eller har I hort'et, at en fornem Hertug i Paris har sin Kone mordet? Hun var lige gaaet i sin Seng, dromte om sin Manne,— han hed Hertug Choiseul Praslin, hun hed li'esaadanne.

Baronen kom ind med et Par Korrespondenter i Folge—en Englaender og den Sortsmudskede, som kom fra Hovedkvarteret; de hilste, mens Lovenhjelm blev ved at synge og de Yngre faldt i med mekanisk aabnede Munde, laenede Hovedet mod Vaeggen, stirrende ud i Luften:

... Ind kom Kammerpigen trippendes galant,
  spurgte: "Hvad behaver?"
  Men ved nojere Eftersyn hun fandt
  Fruen rent Kadaver.
  Hertugen den Tyverad
  vaskede sig i et Fad,
  aad en Ret forgiftet Mad,
  braendte saa sin Slobrok.
  Tralala, lalala, tralala.

Sangen var holdt op, uden at nogen maerkede det—knap nok de, der sang.

Og i den pludselig stille Stue horte man Englaenderens Stemme, der sagde:

-Ja, den Kanonade skjuler jo Himlens Sol.

Tine og Sofie redte paa Sofaerne og de begyndte at bryde op.

Rundtom horte man kun de tunge Trin af dem, der gik til Ro, og ingen talte til hinanden.

I Dagligstuen sad kun den kobenhavnske Korrespondent, der holdt fast paa en enlig Kaptajn og endte alle Saetninger med at sige:

-Nej—jeg forsikrer Dem, jeg vover mig ikke mere over Broerne.

-Vist saa, vist saa, sagde Kaptajnen, der intet horte—i hans Oren lod kun bestandig Skansernes fortumlende Stoj.

-Nej, forsikrede Herren af Pressen igen, jeg gaar ikke mere over Broerne.

Tine havde sat alt til Side, allevegne, i Spisekamret og i Kokkenet, langsomt som en, der skal faa Tiden til at gaa.

Hun horte Bergs Skridt gennem Gangen og hun gik frem mod Doren—men han gik kun ud paa Runden; og hun vendte tilbage til sit Kammer.

Hun taenkte ikke mer paa at afdaekke det lille Bord og ikke paa at tage Dugen af, der skinnede ved Siden af hendes Seng—hun saa det ikke mer: hendes *Liv* hang kun i magtlos at vente.

Det slog et Par Dask paa Doren. Det var Tinka, der kom bralrende ind.

-Min Pige, sagde hun, jeg vilde dog se, om Huset stod endnu— jeg kommer fra Per Eriks'.

Tine nikkede kun, hun kunde ikke have talt.

-Naa, her er de Fleste til Ro, sagde Tinka, der losnede sit Sjal. Ja —li'saadan hos os ... Men—hvor er Skovrideren? spurgte hun.

-Vel derinde, sagde Tine uden at rore sig.

Nu saa forst Tinka paa hende—ved Lyden af den ligesom dode Stemme—og pludselig holdt hun inde: foran Bordet med den hvide Dug, hvor ingen havde spist, og Vaeggen med Bukkar om Spejlet og Tine selv, bleg som var hun uden Liv og Blod.

-Tine, sagde hun angst og holdt inde paany.

Det var som Tine forst rigtig horte nu, da hendes Navn blev naevnt; men hastig vendte hun atter Oret mod Vinduet.

-Nu gik han forbi.

Tinka var begyndt at ryste—taus gik hun hen mod Veninden og

hun tog hendes Haender, der var kolde og stive, som var de livlose. Hun fandt ingen Ord, hun tog kun Tine om Haaret og blev ved at glatte det, glatte og glatte det.

-Tine, Tine, sagde hun.

Tine loftede blot sit tunge Hoved og et Ojeblik saa hun paa Tinka med Ojne som en Hinds, der doer—*uden at fatte Doden.*

Tinka lod sine Haender synke, og endnu en Gang saa hun rundt i Kammeret, hvor Skovkransene hang om Spejlet.

-Farvel, sagde hun. Det er jo blevet silde.

Hun tog Tines Haender, der ikke gengaeldte hendes Tryk; og stille gik hun ud.

Da hun kom frem ved Laengen, modte hun Berg.

-Er det Dem? sagde han. Hvor kommer De fra?

-Fra Tine, svarede Tinka haardt.

-Godnat.

Tinka lob ned ad Alleen—og, mens hun taenkte paa Lovenhjelm og paa ham den anden, den Fremmede, der havde vaeret der i Kroen kun den eneste Nat, loftede hun pludselig sine Haender som til en Trudsel eller kun i Fortvivlelse.

Berg gik videre; i Laengerne var der stille, alt var til Ro.

Paa Gaardtrappen stod en Officer, der i sin Dodtraethed ikke en Gang kunde sove.

-Natten vil blive haard, sagde han og pegede i Retning af Skanserne.

-Ja, haard, sagde Berg.

Kanonernes Bulder sang gennem Nattens Morke, saa det gav dumpe Genlyd i Jorden, og Trappen sitrede under dem, hvor de stod.

-Og heller ikke Sovnen er kvaegende, sagde han langsomt.

Berg svarede ikke. Men de taenkte begge paa den tunge Dvale, der faldt over de Dodtraette, mens Dagens Raab: "Daek Dybbol —Daek Avnbjerg—Ragebol daek" blev ved at skraemme de lammede Sovende.

-*Nej, sagde Berg, man kan knap sove mer.*

De gik ind og de skiltes med et Haandtryk—de var blevet saa

faste, Haandtrykkene Kammerater imellem.

Berg aabnede Doren til Dagligstuen, og i Kammeret horte Tine hans Skridt, der dode bort.

Hun bevaegede sig ikke, stille sad hun og skaelvede kun som af Kulde:

-De var endnu ikke til Ro—Huset var endnu ikke stille—han venter, til det bliver stille.

Man horte Kanonernes stigende Dron og en enkelt Sovnlos' Fodtrin frem og tilbage over Loftet. Ellers var Huset tyst.

Der kom Skridt fra Baronens Stue i Gavlen, og Tine horte Korrespondenternes Stemme paa Trappen:

-Nej—ikke den tapreste Korrespondent gaar mere ind i Byen, sagde den Sortsmudskede.

Og Baronen svarede:

-Som sagt—som sagt—nu maa man vente de store Begivenheder.

Doren blev atter lukket og ogsaa Baronens Trin dode hen over Loftet. Kun den Sovnlose gik og gik.

Maaske haabede Tine nu slet ikke mer. Men hun rejste sig dog og hun tog sit Sjal og lagde det om sig og satte sig igen—"for om han dog kom".

... Hun foer sammen—det var hans Trin.

Hun kastede Sjalet og stod midt i Kammeret—hun smilede til ham, da han kom.

Han tog hende i sine Arme og knugede hende, saa hendes Laender smertede:

Hun smilede og sagde:

-De kom dog.

-Ja, hvem kan vel sove nu? sagde han og bojede sig over hende.

... Han blev hos hende endnu. Men alt var koldt og dodt. Ord fandt han ikke, men kun Kaertegn, mens hun laa som frysende i hans Arm—uden Liv.

Og bestandig stirrende paa alle disse Timers Lidelse, hvis Grund hun ikke forstod, hviskede hun sagte, som bad hun tusind Gange om Tilgivelse—hun, der havde givet alt og hvem alt var berovet:

-*Er De vred?* hviskede hun ganske svagt.

-Hvorfor? spurgte han og forstod ikke en Gang hendes Sporgsmaal.

Men Lyden af hendes Stemme vakte paany den Deprimeredes Begaer—mens Kanonerne sang.

* * * * *

Det var over Daggry.

Men Sofie var alligevel ikke kommen videre end til at sidde med halvt loste Klaeder foran den store Seng. Der var hun falden hen og sad og nikkede.

Maren vaekkede hende.

Sofie kom til Besindelse og fik udtalt Forargelse:

-En ved virkelig ikke, hva' du taenker—det er den lyse Morgen....

-De *tor* jo ikke mer ligge *ene*, sagde Maren kun med halv Foragt og smed sig i alle Klaeder, yderst paa Sengestedet.

Maren kom ikke af Tojet mer.

VIII.

Det var naeste Formiddag:

Tine gik bort fra Vinduet, da hun saa sin Moder komme gennem Gaarden.

Hun vilde gaa—bort—blot ikke se hende. Disse syv Dage havde hun ikke vaeret hjemme.

Hun lob ind i sit Kammer, men hun horte allerede Moderens Stemme i Kokkenet, og hun aabnede Doren.

-Her er jeg, sagde hun i en Tone, der pludselig lod utaalmodig eller vred.

-Aa, Tine, saa laenge vi ikke har set dig, sagde Madam Bolling, der kom ind. Og din Fader har vaeret saa syg—og din Fader har vaeret saa syg ... saa laenge, saa laenge ... Aa—det har vaeret slemt—det har vaeret meget slemt.

Ordene kom ikke bebrejdende, kun saa bekymret. Men foran den aeldede Moder—hvor blev hun ikke graa fra Dag til Dag— under dette Overmaal af Lidelse, sagde Tine i den samme Tone, utaalmodigt og haardt:

-Tror du, her har vaeret bedre?

-Nej—aa, nej, sagde Madam Bolling, og, idet ogsaa hun pludselig faldt ind i Tines Tone, skaendende eller hidsig, sagde hun:

-Men det er vel dit Hjem dog derhjemme, og man kunde vel blot se dig.

Tine svarede og de blev ved at tale—hidsigt, om et Intet, der faldt for, hojt, saa man horte de skaendende Stemmer ud gennem Doren.

Madam Bolling brod op.

Paa Taerskelen sagde hun, at Fru Appel var kommen og at det var forresten Lieutenanten, der gaerne vilde se hende.

Tine holdt ikke Moderen tilbage. Hun folte, da hun var gaaet, kun som et stumpt Ubehag mer. Og lidt efter var det hende, som ogsaa det var haendet en Fremmed, et andet Menneske eller for laenge siden....

Rundtom gik Dagen sin Gang. I Stuerne vandrede Officererne, som havde de ikke blivende Ro noget Sted. Et Par Stabsofficerer var ridende i Gaarden—de kom fra Stillingen bedovede og tilintetgjorte af Stojen blot. Blege og med korte Hilsener gik de ind til Majoren.

Officererne samledes i Klynger, og paa en Gang—ingen vidste, hvorfra Rygterne kom—hviskede alle, fra Mand til Mand, at Regimenterne, et, to, havde vaegret sig ved at gaa over Broerne. Kanonernes Don holdt ikke inde et Minut. Kaptajnerne blev kaldt ind, og fra Majorens Stue hortes korte, hastige Stemmer, mens de Unge ventede, raadvilde og tause.

Hans Hojaervaerdighed rullede ind i Gaarden. Han var ophidset og sogte Majoren, men han maatte vente og vandrede op og ned mellem de Unge, mens alle lyttede efter Stemmerne derinde og i Gaarden Soldaterne gjorde deres Dont uden at se og uden at taenke.

Og midt under Forvirringen og Larmen spiste de og drak de, i Hold, mens Sofie bar Mad ind og Mad ud. Doren til Majorens Stue gik op, og Hojaervaerdigheden vilde styrte sig over de to Herrer af Staben. Men de gik ham forbi med en Hilsen, der brat bred hans Ordstrom af, og de vendte tilbage til deres Heste. De folte ikke mer Dyrene under sig og ikke deres egne Lemmer, og deres Ojne braendte som hos en Lods, der strider med Morket. Kaptajnen vendte tilbage, men ingen turde sporge. Fra Majorens Stuer horte de Hojaervaerdighedens Stemme hoj og ophidset. Han havde hort, fra Hovedkvarteret hort, at Skanserne, at Stillingen skulde rommes.

Han vilde ikke tro det, det var ikke muligt og det turde ikke taenkes: Folkets Tro kunde ikke sviges for anden Gang.

Provsten blev ved at tale, men Majoren svarede ham ikke. Han sad kun med Blikket faestet paa Vinduet: i Alleen gik de stilfaerdige, ludende Soldater og paa Vejen sled de Nysaaredes Konvoi sig langsomt frem i Solen.

Hans Hojaervaerdighed saa intet. Han gik kun ophidset op og ned med store Skridt som paa Offerdage i sit Sakristi og talte hojere og hojere: Stormen var jo alles Haab og nu taltes om Tilbagetog.

-Men Regeringen vil kende sin Pligt—*den viger ikke tilbage*—den vil ikke taale et nyt Dannevirke—*den* vil give sine Befalinger.

-*Den har netop givet dem*, Hr. Pastor, sagde Majoren, der ikke tog Ojnene bort fra de Doendes Tog, som fortes hjem i Solen.

Begge Herrer taug og Hans Hojaervaerdighed brod, lidt forvirret, op: han vilde kore om ad Hovedkvarteret.

Han gik gennem Stuen forbi Grupperne af tause Officerer, ud i Gangen, hvor han modte Berg og Baronen. Stilheden i Huset trykkede Hans Hojaervaerdighed—det var, som ingen mer turde tale rigtig hojt naesten: kun *hans* Tribun-Rost lod lige fyldigt op med Kanonerne.

Doren til Kokkenet stod aaben; ved Bordet arbejdede Tine, Sofie og Maren i samme Raekke—de vaskede de skidne Tallerkener i et Par Baljer og slog Affaldet ud.

Hojaervaerdigheden talte til Tine og spurgte til Bolling.

Hun loftede kun sit Ansigt og saa paa ham som forstod hun ikke, med et Blik som En, der gaar i en hemmelig Vildelse.

Og Provsten sagde til Baronen, mens han lod Ojnene glide hen over Sofies og Marens forasede Figurer:

-Ja—ogsaa Kvinderne har taget deres Del af Byrden.

Hans Hojaervaerdighed vendte sig og gik ud til sin Vogn.

Baronen korte med: man maatte dog have Efterretninger.

-Ja, sagde Hans Hojaervaerdighed, da de bojede ud af Alleen: Om blot Haeren stod ret paa Hojde med vor Regerings Energi.

Berg horte ikke den bortrullende Vogn—han saa kun Tines Ansigt, da hun loftede det mod Provsten. Forgaeves gik han to Gange frem over den lyse Gaard, hun saa ham ikke og rorte sig ikke. Han taalte ikke, han udholdt ikke at se paa denne Stilling og dette Ansigt.

Og han slog paa Ruden:

-Kom, sagde han, vi gaar op paa Hojen.

Hun loftede kun det samme Blik mod Ruden og mekanisk, som

om hun fulgte en Befaling fra En, hun ikke kunde modstaa, slap hun Arbejdet og tog sit Sjal.

Hun horte ikke, hvad han sagde, mens han gik paa Stien bag hende; heller ikke hans Stemme naaede hende laenger. Hendes forvildede Tanker taenkte kun et: han elsker ikke mer. Og Sjael og Legeme folte kun en Smerte: Gyset fra inat.

Fuglene sang over Engen; alle Buskes klaebrige Knopper lyste —i Udspring—i Solen.

Lidt efter lidt var Berg traet holdt op med at tale; han fik jo intet Svar. Og mens han gik bag ved hende—hun gik saa tungt, med halvbojet Hoved—spurgte han kun sig selv, hvordan han vel nogensinde havde kunnet attraa dette Menneske.

De naaede Hojens Fod, og Skridt for Skridt voxede Kanonernes Don. Saa saa de fra Toppen det haergede Land, mens de stod ved Siden af hinanden.

De gronne Agre var nedtrampede og Flokke af herrelost Kvaeg lob hen over Markerne. Vejene laa som morke Sumpe og de afbraendte Huses svaertede Mure gabede op imod dem.

Bag Skoven stod Ronhaves Brandsojle op som et Sorgebaal, der naaede Himlen.

Signalerne begyndte at lyde og de klang magtlose mod Kanonernes Brag. Skanserne kastede Rogen tyk ind over Landet, som vilde de indhylle det i Nat.

Berg stod taus; i pludselig komne Tanker saa han ud over den skaendede O og sagde sagte:

-Hvor Marie dog elskede denne Plet.

Tine horte det og hun forstod saa vel. Men nogen ny Lidelse folte hun ikke. Hun syntes kun, at Solen smertede hende og Himlens Blaa gjorde hendes Ojne ondt.

Tropperne begyndte at samles og lidt efter lidt kom Afdelingerne frem mellem Hegnene, der knoppedes. Alle Veje blev fyldte af Kolonnerne, der paa den donende Jord gik tause og Skridt for Skridt, som lange Ligtog, mens Kanonerne rungede over dem i den sollyse Luft som Lyden af tusinde vaeldige Malmklokker.

Tine var gaaet ned ad Hojens Kam.

-Hvor gaar De hen? spurgte Berg, som om han pludselig vaagnede.

-Jeg gaar hjem, svarede Tine blot og pegede over mod Skolen. Hun gik bort fra Hojen.

Det var som det ene Ord ramte Berg som et pludseligt dirrende Slag, og han vilde kalde, men han kunde ikke. Under en naesten ulidelig Smerte saa han alt, hvad han havde gjort.

Hundrede Billeder—og hvert stikkende som en borende Naal— kom op i det Nu: Billedet af de Gamle, den lallende Mand, af Madam Bolling, af hendes Ojne, hendes Ojne, der ikke mer kunde graede, og af hende, af Tine, saa livlos, som var Sjaelen dod i hendes Krop.

Hele deres Liv, der var levet for ham og hans, hele deres Hus, som tilhorte ham og hans—saa han Plet for Plet; og han saa deres Ansigter, de gode Ansigter; og han horte deres Stemmer, de gamle Stemmer.

-Det var ham, ham de havde elsket som en Son....

Det var, som hans *Sjael* var saaret. Kanonernes Don lod som et fjernt og et ligegyldigt Bulder og Kolonnerne saa ud som noget kravlende Smaat.

-Ham havde de elsket som en Son.

En Officer stodte til hans Arm:

-Kanonaden stiger, sagde han.

Berg vendte sit forvildede Ansigt imod ham:

-Synes De? sagde han.

Og han gik bort fra Hojen.

Officeren saa efter ham—Berg naesten vaklede, mens han gik.

-Naa, ogsaa *han*, sagde Officeren til sig selv og saa efter sin Vaabenbroder.

Berg gik ned over Marken. Han var paa Kirkegaarden. Han var paa Paradisvejen. To Timer flakkede han rundt og vogtede paa Skolens taendte Lys.

Saa vendte han hjem.

Og inde i sin egen Stue gav han sig til at skrive, langt, Side paa

Side, omme, braendende Ord til sin Hustru.

... Tine var gaaet frem over Engen, ind gennem Gaarden og gennem Alleen, forbi Officerer og Soldater, som hun ikke saa. Henne paa Vejen stansedes hun af et Vogntog.

Det var Naturalforplejningen, Kod og Mel og Brod, der transporteredes forbi paa mange Vogne. Tines Ojne faldt paa de Heste, der gik hende naermest. De sled sig, laadne og vanrogtede, duvende frem, med matte og udslukte Ojne, mens de traege Kuske lod Piskene jaevnt falde ned over deres Ryg. Men Dyrene gik kun som for i samme traette Skridt—som om Slagene ikke kunde smerte dem mere.

Tine blev staaende og hun fulgte med Ojnene Spand efter Spand.

Langt fremme paa Vejen horte hun endnu Kuskenes trevne Raab, naar de lod Piskene falde slovt over Dyrenes Rygge. Pludselig sprang Taarerne frem af hendes hede Ojne.

* * * * *

Hun naaede Pladsen. Den var tom, og i Kroen var der stille. Kun paa Smedens Lod, hvor der laa friske Hovlspaaner mellem den nedtrampede Rug, arbejdede fem-seks Soldater. De slog hvide Fjael sammen og bestrog dem med Sort.

Tine gik op ad Trappen og hun loftede Klinken til Skolen, hvor Luften var tung og sodlig-ram. Fru Appel sad ved Sengen hos sin Son.

Timevis havde hun ikke rort sig, fra hun kom, ikke spist og ikke drukket: hun sad kun stum og saa paa Sonnens Ansigt, der var blevet saa lille som da han var Barn, og paa hans Haender, hans urolige Haender.

Madam Bolling var listet ud og ind: hun vilde jo saa gerne hjaelpe.

Men Fru Appel blev kun siddende ubevaegelig, og Madam Bolling stod raadvild—med Koppen med Suppe—til hun gik igen.

Kun en Gang havde Fru Appel loftet Hovedet og, mens Taarerne brod ud af hendes Ojne, havde hun sagt:

-Han er jo saa ung.

... Tine havde sat sig—hun vidste ikke, om Fru Appel havde hort hende, for hun havde ikke hilst og ikke rort sig. Men saa sagde hun:

-Han har spurgt efter Dem. Men nu sover han.

Og Taarerne brast frem paany, som om hvert mindste Ord, hun sagde, maatte kalde dem frem.

Tine talte ikke; og begge sad tause, som grebne af den samme Sorg, og stirrede paa det blege Ansigt.

Sygepasseren bragte de Saarede Mad. Aftenklokkerne begyndte at ringe—man horte dem knap gennem Kanonernes Larm.

Saa blev der atter stille i Stuen, og Skumringen begyndte at laegge sig over Rummet.

Fru Appel sad kun som for—foran sin slumrende Son.

Madam Bolling kom ind; hun turde naeppe hviske. Men hun sagde dog til Tine ganske sagte, med sin forknytte Stemme:

-Du kommer dog ind? du kommer dog ind?

Og hun gik igen. Saa bleg og stiv dog Tine sad der!

-Aa—ja, aa—ja, sagde Madam Bolling, her er Elendighed nok til os alle.

Det var naesten blevet morkt. Fra Sengen horte man de Saaredes sagte Suk. Tine rejste sig ikke. Her syntes hun var bedst. Her var Fred, her, hvor et Menneske dode—og Livet var forbi.

-Han vaagner, sagde Fru Appel.

Halvt i Sovne begyndte han at klage.

Tine stod sagte op og taendte stille Lampen og satte sig igen. Den Doende slog Ojnene op, men han saa ikke mer—de store Ojne var brustne og han jamrede svagt under sagte Rallen.

Moderen laa ned ved hans Seng:

-Ja, Max, ja—gor det saa ondt? gor det saa ondt? hviskede hun.

-Ja, Max, Ja—gor det saa ondt?

Doren gik. Det var Madam Bolling igen. Hun vilde kun se efter Tine—saa var hun vel vred fra idag, siden hun ikke kom ind.

Hun gik ikke hen til Sengen. Hun stod kun ovre i Morket og saa paa sin Datter, til hun stille vendte tilbage.

Den Doende rallede hojere:

-Ja, Max, ja, gor det saa ondt? gor det saa ondt?

Han blundede igen og atter vaagnede han.

Ude steg Kanonernes Lyd som et rullende Vejr. Men om Sengen var der dog som forunderlig stille.

-Loft ham, loft ham, hviskede Moderen—selv holdt hun hans Haender.

Hvor hans Aande blev svag og hans Haender stive.

-Annie, Annie, hviskede han ganske sagte.

-Ja, Max, ja.

De lyttede begge efter Aanden, som kom saa svaert, saa tungt; Moderen havde rejst sig—saa kastede han sig tilbage.

-Laeg ham—laeg ham.

De lagde ham ned igen. Saa var det, som vilde han lofte Hovedet og han sogte om Ord:

-Annie—Mo'er—Annie—horer I Fuglene?

Og idet han strakte de stivnende Haender frem og smilte, sagde han:

-Ja, hvor Livet skal blive smukt.

Munden lukkede sig med et Suk—det unge Hoved faldt helt tilbage.

Saa sank Fru Appel med et Skrig ned over sin livlose Son. Tine trykkede hans Ojne til.

Fru Appel satte sig igen, og hun begyndte at klappe hans Haender, der var stive, og hans Ansigt, der var koldt—laenge. Time paa Time.

Tine havde rejst sig. Langsomt gik hun bort fra Sengen: *hun* vidste ingen Trost.

Madam Bolling var ikke gaaet til Ro. Hun sad paa Kokkenstolen bag Doren. *Der* kunde hun hore, naar Tine gik.

-Der var hun—nej—hun kom ikke ind.

Madammen tog efter Lyset, hastig, og gik ud i den lille Gang, hvor Tine allerede var ved Doren.

-Skulde du ikke se din Fa'er? sagde hun.

-Mo'er, jeg maa jo hjem, svarte Tine kun.

Madam Bolling gik hen til hende.

-Aa, Tine, skal vi nu ogsaa gaa og vaere vrede paa hinanden, sagde hun, skal vi nu ogsaa vaere vrede paa hinanden....

-Nej, Mo'er, nej—Tine rev sig los—men nu er det jo silde ... Godnat.

Hun talte i den samme utaalmodige eller forpinte Tone som om Morgenen og Doren slog til. Hun var borte.

Madam Bolling vendte tilbage. Hun kom ikke laenger end til Stolen ved Doren. *Der* faldt hun hen—en stum og uvis Angst holdt det stakkels, tunge Hoved vaagent. Rundtom hortes de Sovnloses Skridt over Gulvene; Officererne fandt ikke Hvile mer.

Uden at vide det begyndte Madam Bolling at vandre som de— en rokkende Skygge frem og tilbage foran det osende Lys: hun vidste ikke Rede mer, hun vidste ikke Rede.

Kanonerne gav ikke Fred et Minut. Som skulde Taget styrte, rystede Skolen i sin Grund.

Kun Fru Appel sad stum og rolig foran Sengen hos sin dode Son.

* * * * *

I Skovridergaarden var der stille.

Tine horte kun nogle rastlose Skridt over Gulvene i Gavlen, mens hun gik gennem Huset.

Hun gik rundt og hun stillede paa Plads. Saa undredes hun pludselig, hvorfor hun gjorde alt det—og lod alting ligge uden Tanke.

Hun aabnede Doren til Dagligstuen og hastig veg hun tilbage. Skovrideren sad ved sin Lampe og skrev.

Hun sagde til sig selv til hvem, og dog led hun ikke mere. Sagte gik hun tilbage til sit Kammer.

Gaaende op og ned—og undertiden pludselig stansende som vilde hun besinde sig eller blot fange en eneste Tanke— samlede hun alting sammen, Stykke for Stykke, som En, der bryder op og skal rejse.

Kort efter Daggry gik hun hjem.

-At du kommer, at du kommer, sagde Madam Bolling, der var i Kokkenet, og slog sine Haender om den tause Datter.

-Ja *jeg* er just staaet op, ja, *jeg* er just staaet op, sagde hun; hun vilde ikke fortaelle, at hun ikke havde vaeret i Seng, det vilde jo bare gore Tine urolig.

Tine gik ind til sin Fader.

Han havde faaet en ny Tidsfordriv. Tines gamle Skriveboger var blevet taget frem—dem med Love-og Tigerjagterne paa Bindet. Dem sad han og laeste i—Time efter Time.

Tine sad ved hans Fodder—hun stirrede paa de store Barnebogstaver.

"Du skal ikke have andre Guder for mig"—stod der i Linje efter Linje.

Bolling fulgte Linjerne med rystende Fingre. Tine maatte vende Bladet:

"Du skal aere din Fader og Moder"—"Du skal aere din Fader og din Moder", laeste den Gamle Gang paa Gang, med sin svaere Stemme.

-Hun skrev godt, hun skrev godt, sagde han og saa over paa Madam Bolling.

-Ja, Bolling, ja, du har jo laert hende det, svarte Madammen.

-Ja, hun skrev godt, gentog han. Og han laeste igen.

IX

Otte og fyrretyve Timer havde Kanonerne ikke tiet.

Nu var det over Middag. Klokken sex skulde Regimentet rykke ud.

Stimmelen blev taettere foran Kroen. Der var *dem*, som fik Feltflaskerne fyldte for anden Gang: den forste Ration var gaaet med, mens de fik Munderingen i Orden—det gik lidt langsomt fra Haanden—og en Gang imellem glemte de rent Donten, mens de sad og lyttede efter "Musiken". Den blev alt haardere, syntes nogle.

Den Kroblede jog rundt—men idag var hans Ol for tyndt: *saa* raabte han paa Pladsen og *saa* raabte han i Gyden, uden Rist.

Et Par Officerer gik omkring og talte med Mandskabet. De kom helst *der*, hvor de kunde vente en Vittighed til Svar.

Fire Lolliker raabte hojest—de spillede Kort—liggende plat paa Maven.

Men Lystigheden kom kun som korte Vindstod og saa blev der svaert tyst igen paa Pladsen, mens Kanonerne, de rungede saa meget staerkt.

En Officer havde talt lystigt til en Flok, der stod taet ved Smedens Lod, hvor Kisterne stod i Rad, to og to paa hinanden; saa sagde en af Soldaterne, fast og stille:

-Ja, Hr. Lojtnant, vi ved jo, at vi *skal* derud.

Og der blev ganske stille i Kredsen, mens Officeren gik.

... I Skovridergaarden var Officererne som spredte for alle Vinde. I Haven gik de eller ud og ind i Staldene. De skrev og de opgav det igen. De var i Stuerne og ude.

For tyvende Gang spurgte Berg i Kokkenet, om Tine var kommen.

Han havde ikke anden Tanke end denne: hvor hun var, hvad der *skete* i Skolen.

Hun var ikke kommen.

-Nej, kommen er hun ikke, sagde Sofie, der strax begyndte at klynke:

-Saa er 'et vist slemt med Degnen. For det maa man si' om Tine, at hun haenger ellers trofast nok ved dette Hus.

-Ja, sagde Berg.

-Hun har trofast elsket baade Herluf og Fruen fra den forste Dag, sagde Sofie.

-Ja, sagde Berg, som slog han sig selv med hvert eneste Ja. Kvarter efter Kvarter blev han og lod sig martre af Sofies Snak, som led han ikke nok.

-Og det har da forresten hele Degnens Hus, graed Sofie videre.

-Indtil den sidste Dag, sluttede hun.

-Ja, sagde Berg. Det var, som sad der ham en Orm i Sjaelen.

Han rejste sig og gik ud.

Et Kvarter forlob—han spurgte igen, om der var Bud fra Skolen. Men der var intet.

Saa gik han.

Han vilde se dem, han vilde derhen.

Men atter flakkede han rundt—han var paa Paradisvejen, i Gyden, til han tilsidst slog Folge og gik med Laegen op ad Trappen.

Tine horte ham forst, men hun rejste sig ikke.

-Tine, Tine, raabte Madam Bolling, og hendes Stemme blev helt hoj og lys af Glaeden, det er Skovrideren—det er Skovrideren.

-Nej—at vi ser Dem igen, nej, at vi ser Dem, blev hun ved.

-Tine, Tine, kaldte hun atter: Det er Skovrideren.

Tine kom ud. Et Ojeblik var det hende som en Lise at se hans Ansigt, der var lidende og furet og blegt.

-Det gor ham dog ondt, taenkte hun.

Berg havde ikke talt. Nu sagde han, som faldt det ham svaert at faa Laeberne fra hinanden:

-Bolling er jo saa syg.

-Aa ja, Bolling, aa ja, Bolling—det bliver vaerre og vaerre....

Det var, som Berg undgik at se ind i Stuen, hvor Bolling sad— hans Blik gik kun saa hastigt hen over alting i Kokkenet.

-Men De maa da ind til ham, De maa da ind til ham, sagde

Madam

Bolling, som forte den ene Haand rastlost over den anden i sin Bevaegelse. Det var saa laenge, rigtig laenge siden, at Skovrideren havde set her indenfor.

-Ja, jeg maa dog se til ham, sagde Berg som for.

Tine vidste ikke, hvorfor hun fulgte med, da han gik derind. Berg saa Bolling—lille og affaeldig sad han ved Sengen; han vilde ikke have kendt ham igen.

-Det er Skovrideren, raabte Madammen, det er Skovrideren, som vil se til dig.

-Ja, ja, svarte den Syge blot, med tungt Maele, uden at lofte Hovedet fra de gamle Hefter. Haanden rakte han mekanisk frem.

-Aa, Herre Gud,—aa Herre Gud, han gi'er Dem dog Haanden, sagde Madam Bolling og blev ganske rort paany.

Berg maatte tage den kolde og ligesom svampede Haand og han maatte holde den i sin—et Nu.

-Ja, ja, sagde den Syge kun og vendte Bladet.

Berg fik intet Ord over sine Laeber. Det var som alting hos ham led og pintes: Ojnene, der saa det kendte Rum, Orene, der horte deres Stemmer, hans Haand, der havde maattet tage om hans.

-Men Tine—sagde Madam Bolling, der rastlos gik ud og ind— skovrideren skal da vel ha'e en Bid…. De skal vel ikke saadan gaa?

Hun fik Bordet slaaet op paa den anden Side af Sengen, og Tine maatte laegge Dug paa og Berg vaegrede sig ikke. Han fandt endogsaa Svar og vidste selv ikke hvilke; han saa kun Tine, der gik hid og did og daekkede, bleg som en Dod og med langsomme Bevaegelser, som om hver Muskel, smertende, naegtede sin Tjeneste.

-Herre Gud, man har knap den Plads man ka' sidde—Madam Bolling kom ikke frem mellem Bordet og Sengen—: Og hvad *kan* man lave? hvad har man Tid til at lave?—Men en Bid maa De dog ha'e, en Bid maa De ha'e, som i gamle Dage.

Berg kom tilbords og han maatte tage af Maden.

-Det var dog Deres Livret—det var dog Deres Livret, sagde
Madam Bolling og lagde mer paa hans Tallerken. Hun satte sig
hen paa Stolen ved Kommoden—det gamle Ansigt var helt lyst
af Glaede, og hun talte om Herluf og Fruen.

-Men, Tine, saa find dig dog en Plads, sagde hun, saa find dig
dog en Plads.

Tine blev ved at gaa omkring som en Stotte, der bevaegede sig,
mens Berg sad—med hver Bid usvaelgelig i sin Mund—og
maatte spise foran Madam Bollings Ojne.

-Men saa byd ham, men saa byd ham Tine, sagde Moderen og
rejste sig i sin Iver.

Tine bod ham; han syntes, at hendes Haender, der bod ham, var
blege; og han tog paany.

-Hun skriver godt, hun skriver godt, sagde den Gamle igen fra
den anden Side af Sengen.

-Ja, Bolling, ja.

-Ja—Herre Gud,—aa Herre Gud, det er nu hans Glaede,
forklarede Madam Bolling. Jeg har jo gemt de gamle Boger ...
Bolling har jo laert hende det ... han har jo selv laert hende det
... og Tine *har* altid haft rigtig en kon Skrift ... det har hun ... Og
nu sidder han jo og ser i de gamle Boger—han er jo ikke til
mere—han er ikke til mere, Skovrider.

Madam Bolling blev ved at byde:

-Tine, du skulde selv ta' dig en Bid, sagde hun,—hun smager
ikke Mad, Skovrider, hun smager ikke Mad.

Berg vidste ikke, hvorfor han naesten tvang hende til at spise,
hvorfor han *vilde*, at hun skulde spise ligesom han. Men hun
gjorde det, og de sad ligeoverfor hinanden foran Madam
Bolling.

-At man en Gang er samlet—at man er samlet, sagde hun, men
pludselig saa hun fra det ene til det andet af de to blege og
stirrende Ansigter og hun holdt inde, paa en Gang greben af den
samme uforklarlige og uvisse Angst som om Natten, og sagde i
en helt anden Tone, mens hun satte sig:

-Ja, ja, hvor Tiderne har forandret sig. Saa svaert det er blevet for os alle....

I nogle Ojeblikke blev der ikke talt: Tine og Berg var det, som skulde de hore op at aande.

Berg forstod ikke, hvordan han saa pludselig rev sig los og kom op og kom ud—Madam Bolling stod paa Trappen og vinkede, og han vendte sig endnu en Gang.

Tine var bleven siddende; hun rejste sig ikke og flyttede ikke det opdaekkede Bord. Hun saa ikke Moderen, der var kommen tilbage, og hun horte ikke Faderen, der laeste op af de gamle Boger.

Kanonerne lod som det maegtige Brus af en bortrullende Flod; paa Pladsen horte man Raab og Signalerne, som kaldte til Samling.

Stojen tog til, og Tine horte Kommandoraabene gennem Larmen—hver enkelt Stemme syntes hun, at hun kendte igen.

Og atter lod Signaler og igen Kommando og saa Skridtene ... af dem, der drog bort.

Madam Bolling stod igen paa Trappen og gik atter ind.

-Aa Gud—aa Gud, sagde hun og sank sammen i sin Stol; *at de skal derud og do.*

Tine horte kun Skridtene—de blev svagere, svagere.

Han var borte nu.

Og et Ojeblik var det, som al Bedovelsen veg fra hende. Hun talte til sin Moder med hastig Stemme; hun sagde: Det er vel bedst, jeg gaar derned. Sofie gor ingenting.

Og ilfaerdigt gik hun ud og lob ned gennem Gyden—hvor hastigt den jog, hendes ilende Skygge—ned over Marken. Der modte hun Tinka.

-Hvor skal du hen? spurgte Tinka.

-*Derned.*

Tine stansede ikke, men lob kun.

Laenge stod Tinka og saa efter hende, til hun forsvandt, over Gaerdet, ved Dammen.

Hun lob ind gennem Haven, i Stuerne: hun maatte se dem igen. Hun vilde vaere *der.*

-Og saa drog de da bort!—det var Sofie, som flaebende lob hende i Haelene, varierende samme Ord uafladelig.

Tine slog sig ned paa *hans* Plads ved Skrivebordet med Lampen.

-Nu er de derud', graed Sofie, som sad i Sofaen ligeoverfor. Aa, Jesus, nu er de derud'....

Der laa et Brev i den opslagne Mappe. Tine laeste Datoen den 16. April.

-Og hvem ved, hvem der om en Tim' drages med Doden, sagde Sofie.

Tine vendte det forste Blad. Hun vidste vel knap, at hun blev ved at laese: Det Brev *kendte* hun; det var alle Ordene fra de gamle Breve —dem, Fru Berg havde laest saa tidt. Her havde hver Saetning samme Klang, her stod i hver Linje alle de gamle Navne—til Fruen.

Og mens Sofie blev ved at klynke, faldt Tine Bollings Hoved tungt ned mod Skovriderens Bord.

Han havde kun *taget hende*—taget hende for et Nu.

... Skumringen sank over Stuen. Sofie var falden i Sovn i sin Krog.

Kanonerne lod med Helvedslarm som ingensinde for. Fra Staldene brolte det skraemte Kvaeg med tudende angstfulde Brol som paa en Sommermark, hvor Lyn slaar ned i Hjorden.

Tine laa ned paa Knae—med Hovedet mod Fruens Brev. Hun maerkede noget varmt mod sine Haender: det var Ajax og Hektor, som havde lagt sig paa Taeppet.

De slikkede hendes Haand.

* * * * *

Det var Hans Hojaervaerdighed Biskoppens Vogn, som kom frem for Skolen. Han vilde blot se til gamle Bolling.

Han kom tilbage, forbi den nejende Madam Bolling, og vilde igen staa op i sin Kaleche, da en hojtstaaende Stabsofficer red med et Par Ledsagere over Pladsen.

Stabsofficeren stod af Hesten, og efter at have vexlet Hilsener, gik de ind paa Kirkegaarden—han og Bispen.

Fra Hojen over Paradisvejen saa de over mod Vest.

-Skal der rommes? spurgte Bispen.

-Nej, *vi bliver.—Man vil*, vi skal blive.

Officerens Stemme var saert tydelig og han saa frem for sig, mod Skanserne.

Bispen taug lidt; hans Mund skaelvede en Smule. Saa sagde han;

-Ja, de Maend er sig i Sandhed deres Ansvar bevidste.

Nogen Tid stod de tause. Solen var sin Nedgang naer. Den sank i et luende Rodt, som havde den kolde Himmel opsuget alt Jordens Blod.

Saa vendte de sig og uden flere Ord gik de hen mellem Gravene.

Biskoppen stod op i sin Vogn, men Officeren slap ikke hans Haand Saa mumlede Bispen et "Lev vel" og korte bort.

Paa Pladsen drog en Time efter de Naeste ind. En Stund var Kroen belejret. Soldaterne havde megen Torst Saa blev der hurtig stille.

Kun fra Kroen skingrede Madam Henrichsens Stemme ud fra Gaestestuen, gennem Doren mellem Sojlerne. Hendes Piger kom ikke og man horte hendes Raab ude i Gaarden.

... Kanonerne lod uforstyrrelig gennem Natten.

Det bankede paa Skolens Dor, der allerede var i Laas.

-Det er mig, sagde Tine.

Madam Bolling lukkede op. Hun saa kun sin Datter som en Skygge imod Morket.

* * * * *

Natten gik, og Dagen lysnede.

Det var naer ved Middag naesten, for man paa Pladsen vidste, at nu stormedes Dybbol.

X

... Til ud paa sidste Nat havde de hort de Saaredes Jammer, der slaebtes forbi til Horup Hav—nu horte man hver Stonnen saa langt gennem Stilheden.

Og saa var alt blevet tyst.

Dagen kom. Det var, som var Pladsen dod. Smedjen stod tom, og Smeden kom ikke til sin Gerning. Ingen aabnede Kroens lukkede Dor.

Madam Bolling og Tine sad, pakkede i Sjaler, Time paa Time, kun stirrende og stumme. Nu og da rejste Madam Bolling sig og, raadlos, gik hun frem og tilbage foran sin Stol i Krogen—som et sygt Dyr.

-Vil du ikke spise? sagde hun.

-Nej Tak.

Atter satte Madam Bolling sig. Bolling vaagnede. Ordene blev kun til utydelig Lallen i hans Mund, og han famlede om Postillen, indtil Tine tog den og laeste Skriftsprogene, som han ikke mer forstod og hun ikke horte.

Faderen faldt hen. Gang paa Gang rejste Madam Bolling sig og gik medlos rundt, i sin Krog.

-Vil du ikke gaa derned? sagde hun.

-Hvad skal jeg der, Moer? sagde Tine med samme tonlose Stemme.

Og de sad, i deres Krog, igen.

Saadan var Dagen gaaet—som vogtede de et Lig.

Nu var det snart henimod Aften.

Tine gik ud.

I Gyden, paa Pladsen, i Gaardene, paa Marken, var der intet Liv. Fjaelene til Kisterne laa forladte paa Smedens Lod mellem den nedtrampede Rug. Kun de herrelose Koer brolede uroligt paa de fremmede Marker.

Tine gik frem ad Vejen. Hun havde kun en Tanke: Hun vilde *se* ham, der var dod. Han var ikke kommen tilbage—saa var han dod.

Alting var stille.

Selv Fuglene taug. Og den opblodte Jord, hvor ingen traadte mer, var storknet som et dodt Taeppe.

Hundene sprang frem over Skovridergaardens Gaerde og fulgte Tine; hun maerkede dem ikke. Hun gik forbi Huse og Gaarde og saa dem ikke. Hun vilde kun til Ulkebol, hvor Staben var; i Staben vidste de Besked.

Men i Ulkebol var alt forladt, og Praestegaarden stod ode som et tomt Vaertshus. Gaardhunden goede ikke, da hun kom og gik. Foran Kirkegaardsporten brolede noget forvildet Kvaeg. I Taarnet begyndte Klokkerne at ringe.

Tine gik ind; hun saa den store Kirkedor stod aaben. I Koret laa der Lig ved Lig. Tine gik op ad Gangen: hver enkelt af de Dode saa hun ind i Ansigtet og gik ham forbi.

Ved Alteret stodte hun mod en fremmed Mand, hun saa ham naeppe.

-De Tapre, sagde han paa et fremmed Sprog—hun horte det ikke.

Hun saa den naeste Raekke—en efter en; Hundene slikkede tovende Ligenes nogne Fodder.

Hun gik ud igen; den fremmede loste bag Kirken sin Hest og saa efter hende, saa laenge hun ojnedes.

Hun gik kun videre—ud af Byen:

-Saa maatte Staben vaere i Augustenborg—Staben vidste Besked.

Tine blev ved at gaa og Hundene fulgte. Solen var nede og mellem Hegnene begyndte det at morknes. Men ingen hilste Godaften ved Husenes lukkede Dore.

Saa halsede Ajax og saa Hektor. De lob frem ad Vejen. De fulgte et Spor og lob atter tilbage—ind over Marken mod den naermeste Gaard. De sprang tilbage op ad Tine og goede.

Hun vendte om og fulgte dem; hun vidste ikke, at hun faldt i Knae som en Haltende to Gange, mens hun gik.

I Gaardsrummet var der ingen; stille loftede hun Dorklinken. I

Stuen blev et Barn vugget, og en Mo'erlille rejste sig ved Ovnen. Hun kendte Tine, og hun begyndte at graede.

-Er Skovrideren her? spurgte Tine kun.

Konen graed blot og Hundene blev ved at go.

-Hvor har De lagt ham? spurgte Tine igen.

Den Gamle aabnede Mellemstuedoren og Tine fornam den kvalme Lugt af Blod: *Der*—i Alkoven laa han.

Tine saa kun hans graablege Ansigt. Gaardkonen stodte hun bort og tog Vaskefadet fra hende, hvori Vandet var rodt af hans Blod.

-*Har han talt*? spurgte hun.

Gaardkonen graed.

-Aa ja, aa ja, han kalder jo paa Fruen—paa Sonnen og paa Fruen —de to, de er i hans Tanker—aa Gud, for Sorg—aa Gud, for Sorg.

Tine sad som hjemme, taet ved Sengen—ubevaegelig stirrede hun paa hans Ansigt.

-Han vaagner, sagde hun.

Hendes Liv var kun et Haab: at han vilde kende hende igen.

Men den Doende slog blot Ojnene op og saa paa hende som paa den tomme Vaeg.

-Marie, Marie, kaldte han svagt, Marie, tag Herluf ved Haanden —han graeder—han graeder ...

Han blev ved at hviske. Hundene rejste sig ved Lyden af hans Stemme og klagede sagte.

-Se de Umaelende, se de Umaelende, graed Gaardkonen.

Det var, som om den Doende maerkede sine Hunde og vilde dreje det saarede Hoved: han smilede halvt.

Tine rorte sig ikke.

En Time sad hun. Hun ventede, han skulde naevne hendes Navn —blot i en Forbandelse, der aabenbarede hendes Skaendsel. Men han huskede hende ikke mer.

Saa stod hun op. Bliv her, sagde hun til Konen. Jeg vil hente Hjaelp.

Og hun gik alene. Hundene blev ved hans Seng.

Natten var mork og der var ingen Stjerner. Hun faldt over Vejens Milesten og hun rejste sig igen.

Moderen var oppe, da hun kom hjem. Bleg og forknyt sad hun paa samme Plet.

-Hvor laenge du blev, Barn, sagde hun.

-Jeg har ingenting hort, sagde Tine og lagde Sjalet.

Moderen skaenkede Kaffe og rakte hende den.

-Tak, svarte Tine og drak begaerligt.

-Hvor du er bleg, sagde Moderen.

Hun begyndte at tage Sengklaeder frem og laegge dem paa Sofaen—til Seng for Tine.

-Nej, Moer, sagde Tine—bestandig i den samme Tone, der gjorde Madam Bolling saa bange—jeg sover oppe.

Hun beredte alt til at gaa til Ro. I Tanker satte hun Stolene hen paa Plads som i gamle Dage. Hun tog Lyset fra Hylden og taendte det; og pludselig var det, som hun vaagnede: hun *saa* alt om sig, og hun vidste, at *alt var sket.*

Hun saa Stuen og de gamle kendte Mobler som for forste Gang i lange Tider—og sin Fader og Moderen, *dem*, hun nu skulde forlade.

-Hvor du sukker, Barn, sagde Madam Bolling og tog hende mildt om Haaret: hvor du sukker.

Tine holdt Moderens Haender saa fast over sit Haar som til et langt Kaertegn:

-Ja, Mo'er, ja, Mo'er, hviskede hun ud i Luften.

Laenge stod hun ved Faderens Seng. Alle Bevaegelser gjorde hun lange og dvaelende, ligesom om hun maalte dem og iagttog hun dem selv.

Hun kyssede Moderen til Godnat og hun tovede endnu et Ojeblik—saa gik hun op. Hun bar forsigtig Lyset over Loftet— for den spredte Halms Skyld—og hun var inde.

Hun saa paa alt, paa Gardinerne, der var blevet skidne og graa, paa Gulvet, der var slidt af de mange Fodder, og sin Seng, hvor fremmede Maend havde ligget.

Her havde hun levet hele sit Liv.

Hun blev siddende stille paa Kanten af sin Seng foran det braendende Lys. Nede horte hun Moderen sysle og snakke med sig selv og komme til Ro.

-Er du i Seng? spurgte hun hviskende op for ikke at vaekke Bolling.

-Ja! svarede Tine.

-Saa Godnat, Barn.

-Godnat, Mo'er.

Alting blev stille. Tine blev siddende paa sin Seng. Hun horte kun de to Gamles dybe Aandedrag op gennem Huset.

* * * * *

Det forste graa Dagsskaer faldt ind i Kamret, og Lyset var naesten braendt ned, da Tine stod op og slukkede det. Hun gik stille ned og aabnede varsomt Doren. Hun saa Kroen og Kirken og Smedens Hus og vendte sig mod Skolen—en sidste Gang: Der var Moders Plads bag Ruden og Randen af hendes Stol.

Langsomt gik hun hen ad Vejen; ved Hojen steg hun over Gaerdet ind i Skovridergaardens Have, hvor Traeerne og Buskene og Roserne, som var indvundne i Maatter, stod som Spogelser i Skumringen.

Tine gik op ad Havetrappen, og hun saa ind gennem Doren. Hun kendte hver en Plet, og hver en Plet var lagt ode.

Tanker havde hun ikke—de var vel allerede dode. Hun bad heller ingen om Tilgivelse. Hun vidste kun: nu maatte det vaere forbi.

Hun var allerede gaaet ned, men endnu en Gang vendte hun tilbage; hun holdt Panden mod Ruden til sit eget Kammer og saa laenge ind.

Hun kom forbi Pigernes Vindu. Sofie sov med mange Torklaeder om sig, ene, i den store Seng.

Hun horte Kvaeget blive uroligt i Stalden og Hanen galede hojlydt; og hastigt gik hun ned imod Dammen.

I et Nu mindedes hun tusind Ting, og det var, som alle Stemmer, hun elskede, talte til hende paa en Gang. Hun taenkte paa Herluf og paa Aftnen, da de rejste, og paa Dagen, da Berg og hun gik her forbi over Gaerdet; og paa Morgensangen, de sang i Skolen, da hun var ganske lille; og paa Appel, der var dod og paa Faderen og Moderen, som nu skulde sidde alene.

En Gru greb hende og rejste alle Nerver—her skulde hun *do—do*.

Nej, hun *kunde* ikke, hun *maatte* leve—kunde ikke—tusinde Udveje, tusinde Paaskud, tusinde Udflugter drev hende hjem til Livet i et Nu....

Men saa skod hun langsomt Skoene af sine Fodder. Angsten var dod under hendes Hjertes traette Smerte.

Haenderne havde hun foldet. Laeberne bed hun sammen. Med Blikket mod det lille Lysthus gled hun ned i Dyndet.

... Nu var Dammen rolig.

Dagen kom.

* * * * *

Madam Bolling var vaagnet; Bolling havde sovet saa roligt og laa saa godt endnu.

Hos Tine var der ogsaa stille. Madam Bolling hvilte selv et Kvarterstid til, for hun bankede med en Stok i Loftet for at vaekke Tine.

Men der blev ikke svaret

Madam Bolling stod op. Tine kunde nok traenge til Sovnen. Det var intet Under, om hun sov ud en Gang. Moderen vilde lave Kaffen og bringe den op, naar hun vaekkede hende—saa kunde hun drikke den paa Sengen.

Saa mange Gange hun havde bragt Kaffen op, Vintermorgener, naar det var altfor koldt og Tine dog saa gerne laa lidt laenge. Madam Bolling gik og talte med sig selv, mens hun fik alt i Orden. Men saa vaagnede Bolling, og han maatte have sin Morgendrikke forst.

-Aa, Herregud, aa Herregud—saa snavs det er—Madam Bolling talte med sig selv—saa snavs det er—man maa snart made ham nu—som et Barn—naa, Bolling, naa ...

Han tog ikke mere om Koppen, han kunde ikke holde om nogenting.

Tilsidst kom Bolling dog lidt til Ro igen, og hun fik Kaffen paa Bakken og gik op over Loftet.

Hun saa den tomme, urorte Seng, og et Ojeblik stod hun forvirret uden at forstaa, for hendes Ben begyndte at vakle og hun lob hen over Loftet og raabte, meningslost, ind i Gavlkammeret, ud af Lugen:

-Tine, Tine!

Saa taug hun igen. Hun taenkte: Bolling horer det.

Hun sogte at besinde sig, faa fat blot i en Tanke:

-Hun er naturligvis hos de Syge, sagde hun. Hun er hentet ned til de Syge.

Hun gik ned, hendes Ben vilde ikke baere hende. Hun aabnede Doren, og hun saa, hun var der ikke. Hun spurgte: Har De set min Datter? og hun ventede ikke paa Svaret.

Hun sagde Gang paa Gang:

-Hvor det er Uret af Tine at gore mig saa forskraekket. Og greben af ny Angst sagde hun:

-Men hvor er hun da? hvor er hun da?

Hun havde ikke sin Forstand mer, og hun begyndte at lobe gennem Huset, som ledte hun om en bortkommen Naal. Paa en Gang forlod hun alting og hun lob ned over Pladsen, ind gennem Krostuerne.

-Hvor er Tinka, raabte hun, hvor er Tinka?—som om Tinka vidste Besked.

Og da Tinka kom, kunde hun ikke mere faa Ordene frem, men stod kun hjaelpelos, med rokkende Hoved.

-Hvad er der? hvad er der? raabte Tinka.

-Tine—hvor er Tine?—Tine er der ikke ... Og pludselig begyndte Madam Bolling at graede.

-*Hvor* er hun ikke? sagde Tinka, der var bleg som et Lagen. *Hvor* ikke?

-Ja—*hvor? hvor?* gentog Madam Bolling forvirret og hun fortalte, tonlost, gentagende samme Ord, i Saetninger uden Mening:

-At hun var der ikke—at hun var gaaet op—iaftes—og var der

ikke—hun vilde sove deroppe—iaftes—og nu var hun der ikke
—nu var hun der ikke ...

-Saa er hun i Skovridergaarden, sagde Tinka og rev Sjalet om
sig; hun rystede over hele Kroppen.

Madam Bolling stod et Nu—og gav sig saa til at le gennem
Kuldegysningerne.

-Ja, ja, ja, sagde hun halv lallende, det er hun, det er hun ... At
man ikke taenkte paa det strax.—Hun har villet ha'e
Efterretning—hun har jo villet ha'e Efterretning—om
Skovrideren—om Skovrideren—

Hun begyndte at gaa, folgende efter Tinka, det lob hen ad Vejen,
gentagende de samme Ord, mens hun lob: Skovrideren,
Skovrideren, Skovrideren ...

Men med et stansede hun, og hun forte Haenderne som til Slag
ind mod det graa Hoved: Mistanken gryede i hende som en
dump Angst.

Hun greb Tinka om begge Arme, og, forvildet, saa hun hende
ind i Ansigtet, som vilde hun tale, sporge: Sandheden
gennemborede hende som et pludseligt Svaerd.

-Kom, kom, bad Tinka angst.

Men Madam Bolling rev sig los—med en stille Klynken som et
faeldet Dyrs, der synker—og hun lob.

Hun havde forstaaet.

-Ja, nu forstod hun alt og alt mindedes hun. Nu var alt styrtet
sammen.

-Det var Skovrideren—det var *ham*, som havde taget hendes
Barn.

Hun lob ind over Gaarden. op ad Trappen, Doren slog hun op.
Han havde taget hendes Barn.

Hun *faldt* ned i en Stol og hun sad i de ode Stuer. Hun mimrede
Ord, hun ikke vidste selv; *saa* forbandede hun *dem*; saa jamrede
hun over *hende*; *saa* bad hun "Fruen" om Tilgivelse—loftende
de rystende Haender.

-Aa, Gud, aa Gud, for *min* Skyld—hun har vel ikke vidst, hvad
hun gjorde—Gud, aa Gud, for min Skyld ... hun har ikke vidst,

hvad hun gjorde.

Hun blandede "Fruen" og Gud i et og hun bad til dem begge
med samme Ord:

-Gud, o, Gud, jeg be'er, jeg be'er, jeg, som har fodt hende, jeg,
som har fodt hende—be'er—jeg be'er.

Og Ordenes evige Gentagelse loste Taarestrommene, saa hun
hulkede med Hovedet ned imod Bordet, mens hun blev ved at
bede.

* * * * *

Tinka havde kaldt paa Lars. De sogte—Husmanden ogsaa—i
Huset, i Haven. Sofie lob bagefter, jamrende, med begge
Torklaeder i Haanden.

Det var hende, der fandt Tines Sko i Graesset.

Lars stagede fra Bredden med Staenger i det taette Mudder.
Husmanden hjalp til, da de fik Liget trukket op.

Tinka lagde sig hulkende ned paa det gronne Graes og glattede
Haaret bort fra det skaemmede Ansigt: Kom og loft hende,
sagde hun, og de lagde den Dode op paa et hentet Sejl. Tinka
loste sit Hovedklaede og bredte det over Venindens Ansigt.

De bar hende ind; Dynd og Vand sivede ned over Gulvene.
Sofie lob—hun turde ikke rore ved Liget. Men Tinka og Maren
ordnede i Kammeret om den Dode: hun laa med foldede
Haender paa sin Seng under Fruens Billede.

Tinka gik ind til Madam Bolling. Det var, som Madam Bolling
var blevet affaeldig paa den ene Time. Hovedet faldt hid og did,
og Stemmen kendtes ikke igen.

Hun saa kun op paa Tinka og rejste sig.

-Hvor er hun, spurgte hun.

Tinka kunde ikke svare.

Moderen saa Vandpyttene i Gangen og hun spurgte:

-Er hun i Kammeret?

-Ja, hviskede Tinka.

De gik begge derind. Madam Bolling loftede Lagenet fra sin
Datters Ansigt.

-Barn, Barn, hviskede hun ganske sagte. Smaa Taarer lob ned ad

hendes Kinder, og, som vilde hun troste hende, sagde hun, mens
hun lod Haanden glide ned over hendes Haar:
-*Det har jo vaeret ham—det har jo vaeret ham ...*
Og hun havde tilgivet alt.
Under sagte Klager, der ikke var Ord, graed hun med Hovedet
ind mod sin Datters Seng.
Saa rejste hun sig, og, mat, som om hun talte i Sovne, sagde hun:
-Nu skal hun hjem.
Hun bredte selv Lagenet over Baaren. Lars Avlskarl og Anders
Husmand bar Tine hjem, bag Husene og over de stille Marker.

* * * * *

Det var blevet stille i Skolen. Gennem Huset horte man hvert
 Hammerslag, hvormed Tinka og Gusta i Salen faestede de hvide
Lagener.
Sofie listede ind i Kokkenet, hvor Husmandskonen syslede, raed
for hver Stoj.
-Hun ska' da vel i ordenlig Ligtoj? hviskede Sofie, som var hun
angst for sin egen Stemme. Det var da en Dodsens Synd, om hun
ikke skulde i ordenlig Ligtoj.
-De gaar jo og klae'er hende, hviskede Husmandskonen tilbage.
-Herregud, gaar de og klae'er hende, klynkede Sofie sagte med
et eget tilfredsstillet Tonefald midt i Bedrovelsen. Hun fik
Skoene af, mens Bollings lange Lallen lod gennem Huset. Hun
sneg sig ind gennem Stuen og aabnede Salsdoren uden Lyd.
Tinka og Gusta gik blege om i det saere Lys fra de mange
Lagener.
-Maa En se hende, hviskede Sofie skraemt og sky.
Tinka og Gusta svarede ikke, men drejede kun Hovedet om mod
den hvide Baare.
Sofie graed en Tid, mens hun loftede Lagenet fra det stille
Ansigt. Saa gik hun rundt om Sengen og eftersaa laenge
"Klaedningen".
-Saa ska' der Lagener over det Hele? sagde hun hviskende.
Men de svarede hende ikke.
Klokkerne begyndte at ringe til Lieutenant Appels Begravelse,

og ovre i Kroen stod Fru Appel af Vognen indhyllet i sine lange Slor.

Madam Henrichsen kom ud for at hjaelpe hende og sagde, at "Tine i Skolen" var dod til Morgen. Fru Appel spurgte: Naar? med et Ansigt, som horte hun ikke og uden at vente paa Svaret —som om der ikke fandtes andre Dode end hendes Son.

Sofie vendte tilbage til Kokkenet.

-Ja—nu har de klae'et hende, sagde hun graedende og fik Skoene paa igen: Hun ligger forresten rigtig kont—i lutter hvide Taepper.

Hun torrede sine Ojne, og pludselig sagde hun i en helt anden Tone:

-Gi'es her ikke en Kop Kaffe?—En taver rent sin Fatning under all' de Sorgens Tildragelser.

Husmandskonen begyndte at tilberede Drikken helt inde i Dybet af Skorstenen, for hvis Madammen skulde komme ud.

Men Madam Balling kom ikke ud. Hun sad hos Bolling og klappede og klappede hans famlende urolige Haender. Helst havde hun begravet sig—langt, langt borte. Hun var saa angstfuld og saa bange for alle de Folk, der nu kom sammen, og Praesterne, der vilde komme—nu skulde de alle "domme over hendes Tine".

Ude paa Pladsen begyndte Koner og Piger at samles. De var krobet frem fra Husene for forste Gang efter Dybboldagen og horte nu om Ulykken. De listede stille omkring, som om de ikke turde traede paa Fodderne, og hviskede med sky og skraemte Stemmer foran de tre lagendaekkede Vinduer.

Sofie var kommen ud i fri Luft og gik og graed rundt fra Klynge til Klynge. Hun gav hver Besked under en ustanselig Snoften.

-Saa ser jeg jo hendes Sko at staa *der* paa Graesset—og saa begyndte jeg jo strax at *skrig'* ... Aa—Gud, for Syn—Gud, for Syn....

De tre Gaardkoner, der om Sondagen drak Kaffe i Skolen, gik tause og stive op ad Trappen. De blev uden at sige et Ord i den forreste Stue, til Tinka kom, og de avancerede ind omkring

Liget i Gaasegang, gravitetiske og tause. De graed ikke, men saa kun ud, som maalte de Vaeggene, til de vendte tilbage til den forreste Stue, hvor de satte sig i Rad. De havde ikke bevaeget en Mine.

Gusta havde blottet det stille Ansigt paa dets Pude.

Ude paa Pladsen horte man AEreskompagniet, der rykkede op, og de forste Praesters Vogne, som holdt ved Skolen.

Tinka tog imod dem; men Madam Bolling var allerede ude i Kokkenet —ved Lyden af de Vogne: De skulde jo ha'e Kaffe, de maatte jo ha'e Kaffe—alle Pastorerne.

Er der mange, Tinka? spurgte hun og skjalv helt ved det. Hun var bange for hver eneste.

Ja, ja, saa maa der ta'es den store Kande ... ja, den store Kande ... aa, gor De det ... Og Sondagskopperne ... ja, gor De det.

Madam Bolling var saa angst for Praesterne.

-Tinka, sagde hun og tog hende til en Side, mens hun saa paa hende med sine smaa Ojne, der snart ikke var Ojne mer:

-Hvad har de *talt*? spurgte hun saa angst og skraemt.

Praesterne havde ikke talt meget. Selvmordet i en Degnegaard generede dem lidt og de nod Kaffen, som Tinka fik budt om, i Stilhed.

Gamle Pastor Gotsche sagde til Tinka i en Krog:

-Hun ligger vel derinde? Lad mig se hende.

Og han gik derind med Tinka. Den gamle Praest saa paa de hvide Traek.

-Aa, Herre Gud, sagde han. Jeg konfirmerede hende. Ja—ingen Spurv falder til Jorden uden Vorherres Vilje, som er i Himlene.

Han pudsede Naesen og vendte tilbage til de andre, med foldede Haender.

Ude var Pladsen ganske fuld af Kvindfolk og Soldater, som kom i Skarevis ovre fra Ostsiden. Sofie var paa sin Runde naaet til Kroen, hvor hun havde endt sin Beretning og sagde efter en Stilhed:

-Ja—Gud ved, hvorfor hun har sogt til de sorte Vande.

Madam Henrichsen stod bag Klyngen i sin Dor. Hun saa ud, som havde hun meget stor Lyst til at hugge i Sofie.

-Ja—hun var det gronne Trae, sagde hun og saa ufravendt over paa Skolens hvide Lagener. Der skulde noget til, for Madam Henrichsen tog sin Tilflugt til Bibelord.

Der blev en storre Bevaegelse, da Hojaervaerdighedens Vogn korte frem. Provsten havde taenkt, der kom vel en Del Embedsbrodre sammen og var saa ogsaa taget herhen. Ojeblikket var vigtigt og det var godt at have Rede paa Stemningen—for at retlede efter Evne.

Paa Trappen fik han Ulykken tilhvisket af en Kapellan.

Hans Hojaervaerdighed stod et Par Sekunder konsterneret og meget uvis. Men saa gik han ind, hvor alle Praester modtog ham i Taushed.

-Det er jo en Sorg, jeg horer om, sagde han og hilste paa den Naermeste ... Ja—*Sindsforvirring* kan vel falde paa de Svage.— Og ogsaa for Kvinderne har Gud haft en Provelsens Tid ... en mojsom Tid, sluttede Provsten.

Praesterne samstemmede, ligesom lettede, og Klokkerne begyndte at ringe igen.

Provsten og flere Praester gik ind i Salen, hvis Dor blev staaende aaben, saa det hvide Ansigt paa sin Pude laa som stirrede det opmaerksomt frem gennem begge Stuer.

Hans Hojaervaerdighed mumlede et Skriftsted, og Praesterne havde foldet Haenderne.

Saa vendte Hojaervaerdigheden sig, og henne ved Vinduerne talte han, omgiven af Embedsbrodrene, om Haerens Bevaegelser og Konferencen i London. Han talte halv hojt, med en bekymret Stemme, mens han vuggede sit Caesar-hoved frem og tilbage.

-Naar man nu blot var vis paa, at vore Befuldmaegtige fandt den rette *Tone*, sagde han. Hvad det nu frem for alt gaelder, er, ikke at opgive Nationens Vaerdighed.

Han blev ved at tale—hojere, henover det stille Hoved, der laa, som det lyttede paa sin Pude.

-Ti endnu er vi ikke ydmygede, sagde han.—Og hver Plet af

denne Jord vil koste Blod.

Ude paa Pladsen var der naesten blevet Traengsel. Den Kroblede var kommen og rullede, skrigende, omkring med sit Ol mellem Klyngerne.

-Men hun ligger kont, sagde Sofie, der nu var naaet tilbage i Naerheden af Skoletrappen: Hys—der er de.

Provsten og alle Praesterne kom ud og gik ned ad Trappen. Bagefter vandrede de tre Gaardkoner, som indtil dette Ojeblik ikke havde rort sig fra deres Plads.

Alle gik gennem Kirkegaarden ind i Kirken. Sofie foretrak at vende tilbage til Kokkenet: Det var snart, som En var blevet tidig til en Kop Kaffe—nu igen.

Solen skinnede ind i Kokkenet og Sofie fik Vinduet op.

-Maaske ka' En hor' lidt af Talen, sagde hun. Provsten har forresten saadan en opbygg'lig Tank'gang i alle Ligpraekener, lagde hun til i en Slags Parentes.

-Og En ka' osse ha'e godt a' at sidd' lidt stille i Solen, sluttede hun.

Hun fik Kaffen.

Madam Bolling havde fra Sovekamret hort, at nu var der blevet roligt. Skraemt aabnede hun Doren: Nej—nu var der ingen.

Det var, som hun aandede op ... Og endelig gik hun ind til sin Datter og lukkede.

Tinka havde sat sig i Sovekamret hos Bolling.

De begyndte at synge i Kirken. Ogsaa Tinka havde aabnet Vinduerne —det var, som den staerke Sang vilde fylde det tause Hus.

Hvo ved, hvor naer mig er min Ende? Se, Tiden meget hastig gaar, hvor let og snart kan det sig haende at jeg mit Vandrebudskab faar. Giv mig, o Gud, ved Jesu Tro i Afskedstimen Trost og Ro.

Gamle Bollings famlende Haender faldt lidt til Ro, og det syntes naesten, som han lyttede.

Madam Bolling havde rejst sig; hun aabnede alle Vinduer bag

Lagenerne med hastige, rystende Haender som en Tyvs: den *fremmede* Sang turde hun da lukke ind over sin Datter.

Hjaelp mig i Tide at bevare mit Hjerte fra Letsindighed, at, naar du kalder, jeg kan svare; Ja, Herre, se, jeg er bered. Giv mig, o Gud, ved Jesu Tro I Afskedstimen Trost og Ro.

Der rullede en Vogn hurtig frem for Skolen, og Sofie kom op og ud for at se, hvem det var, der kom saa silde.

-Lise, Lise, raabte hun og var saa altereret, at hun maatte saette sig strax ved Doren: det er Bispen—det er Bispen.

Lise lob ind, gennem Sovekamret, ind i Salen, helt forvirret:

-Madam, Madam, sagde hun forpustet, det er Bispen.

Madam Bolling rejste sig langsomt fra sin Datter, hun forstod slet ikke. Saa sagde hun: "Bispen"—og begyndte at ryste.

Benene vilde naeppe baere hende ind i Sovekamret til Tinka: Hun kunde ikke se ham—hun kunde ikke se ham ... nej....

Men hun maatte jo: Det var *Bispen*.

Og hun maatte have sin sorte Kappe paa....

De fik den frem; men Madam Bolling kunde naeppe faa den paa med sine stakkels Haender.

-Det var Bispen, Bispen—nu var de der da *alle* til Doms.

Endelig gik hun ind. Biskoppen stod i den forreste Stue. Hun kunde ikke tale, og hun turde ikke se op i hans Ansigt.

-Jeg horte om Deres Sorg, og saa vilde jeg dog se herind, sagde Biskoppen langsomt og mildt og tog begge hendes rystende Haender: Stakkels Barn—Deres stakkels Barn.

Madam Bolling loftede Ojnene imod ham, og et ubeskriveligt Smil lagde sig som et pludseligt Lys over hendes Ansigt.

-Aa Gud, aa Gud, mumlede hun og kyssede hans Haender.

Bispen tog dem bort og traadte hen til Tine. Laenge stod han med sine Ojne faestede paa det stille Hoved som sunken hen i en smertelig Andagt.

-Ja, sagde han og loftede de foldede Haender naesten op til sit Hoved: Gud tilgive os—Gud tilgive os alle.

Madam Bolling havde bojet sit Hoved ned mod sin dode Datters Pude. Og angst og ganske sagte som gjaldt det Frifindelsen for selve den hojeste Dom, hviskede hun, mens hun igen forte sine Laeber hen mod hans Haender:

-Og maa ... ogsaa Klokkerne ringe?

Bispen loftede Hovedet.

-Hvorfor skulde de ikke ringe? sagde han. Hun skal vel hore sine egne Klokker—sidste Gang.

Madam Bolling sank ned i Graad, mens Biskoppen klappede hendes Hoved.

I Kirken sang de igen—staerkt lod de mange Stemmer. Biskoppen rorte sig ikke:

"Hvor er Lammet, Offerlammet?" spurgte Isak, syg i Sind, da Slagtofret var berammet med ham selv paa Bjerget ind. Bange for sit unge Liv, paa den blanke Offerkniv peged han og sagde: "Lammet, hvor er det, til Dod opammet?" Her er Lammet, Offerlammet, siger Jesus, ydmyg spag, i min Faders Raad berammet er den store Offerdag. Bange vel af Hjertens Grund er jeg for den morke Stund. Men for hele Verdens Brode Den Uskyldige maa blode.

Sangen var ophort, men Biskoppen stod endnu ved den stille Seng. Fra Kirkegaarden lod AEressalverne knitrende over Graven.

Folk brod ud af Kirkegaarden, og fra Pladsen horte man mange Stemmer—Praesterne vendte tilbage, faamaelte og overraskede. De havde genkendt Bispens Vogn.

Men da endnu alle stod i den forreste Stue, aabnede Hans Hojaervaerdighed Doren og kom ud. Han nikkede stille til alle, og Praesterne bukkede tause.

Bispen rakte gamle Gotsche Haanden og sagde mildt:

-Vore stakkels Bollings—vore stakkels gode Bollings.

Og sagtere, overmandet af en pludselig Bevaegelse, sagde han, mens han hastig og naesten krampagtig forte Haenderne op til sine Ojne:

-Ja, ja—"Se vi er kun dine Tjenere—*giv os at fatte dine Vidnesbyrd*".

Han gik ud med et Par korte Nik og han steg op i sin Vogn.

Svaermen var borte, og Landet var atter stille. Som dod laa den stivnede Jord.

En Vogn naesten jog ind mod Bispens, saa Biskoppen stak Hovedet ud af Kaleschen for at se, hvem det var.

Det var Madam Esbensen, der blev saa forfaerdet ved at se Bispen, at hun formelig gav sig til at neje foran sin gumpende Stol. Hun var hojrod og foraset. Hun var evig i Forretning: Det gik jo alt i et—i disse Skraekkens Tider.

Hun blev ved at neje, til hun var helt inde paa Sidevejen.

Men Biskoppen trak Hovedet tilbage uden at have kendt hende. Foran ham korte Fru Appel. Hun sad alene paa et underligt, hojt Koretoj, mens Vinden tog i hendes lange Slor og loftede det hojt —op over Vejen.

Men Madam Esbensen blev ved at sidde og dreje Hovedet for at stirre efter "den Hojaervaerdige", mens hun gyngede, i fuldeste Fart, hen over Markvejen i sin Fjederstol—bort til sin Forretning.

... "Giv os at fatte dine Vidnesbyrd".